續脩臺灣府志卷之二

欽命巡視臺灣朝議大夫戶科給事中紀錄三次六十七　同脩
欽命巡視臺灣朝議大夫雲南道監察御史加一級紀錄三次范咸
分巡臺灣道兼提督學政覺羅四明
臺灣府知府余文儀　續脩

規制

城池　公署　倉庫　坊里　番社　街市　橋梁　水利　海防　郵傳　養濟院　義塚

規海外千里以爲郡凡城郭宮室都鄙廬井津梁皆
王政所必經也旱潦豐凶有備歟鰥寡孤獨有養歟
長民者布宜
天子德意相其緩急而先後之毋以地爲荒遠毋以官爲傳舍必使人官各得其則物曲各得其宜是之謂政

本徒精心於簿書錢穀抑末矣志規制

城池

臺灣府城 臺灣縣附郭　雍正元年臺灣縣知縣周鍾瑄創建以木柵爲城周二千一百四十七丈設東西南北大門四東南北小門三雍正十一年周植刺竹乾隆元年易七門以石雉堞釘鐵皮樓護女牆爲窩舖十有五二十三年木柵缺壞同知攝縣事宋清源重脩二十四年知縣夏瑚於莿竹外更植綠珊瑚環護木柵

臺灣鎮城 即臺鎮營乾隆五年總鎮何勉築土堡內外砌以灰磚高一丈一尺周三百三十丈

鳳山縣城 在興隆莊康熙六十一年署縣劉光泗築土城周八百一十丈高一丈三尺東西南北設四門左倚龜山右聯蛇山外濬濠塹雍正十二年知縣錢洙環植刺竹乾隆二十五年知縣王瑛曾就四門上增建大砲臺四座

諸羅縣城 在諸羅山康熙四十三年署縣宋永清始建木柵周圍廣袤六百八十丈設四門雍正元年知縣孫魯改建土城周圍七百九十五丈二尺基濶二丈四尺城上馬道濶一丈四尺濬溝離城四丈周圍八百

三十五丈五尺深各一丈四尺水涵五雍正五年知縣劉良璧重建門樓砌水涵東曰襟山西曰帶海南曰崇陽北曰拱辰各安砲二位雍正十二年知縣陸鶴於土城外環植刺竹

彰化縣城在半線保雍正十二年知縣秦士望環植刺竹周圍七百七十九丈三尺設東西南北四門窩鋪一十三座乾隆十三年知縣陸廣霖重脩

淡水廳城在竹塹雍正十一年同知徐治民環植刺竹周圍四百四十丈設東西南北四門建門樓乾隆二十四年同知楊愚奉文四城門上各增建砲臺一所

淡水炮城在淡水八里坌山北腳下紅毛時建鄭氏葺之尋復圮雍正二年同知王汧重修設東西大門二南北小門二焉

澎湖城康熙五十六年總督覺羅滿保巡撫陳璸布政使沙木哈建

附考

臺灣府無城別有城在西南曰紅毛鄭氏僭時宮殿在焉今設副將一員統兵三千駐之距臺二十里居易錄

臺地初闢原卜築城於永康里後不行鳳諸三縣各築土堡郡治居民亦欲倣而行之西南臨海議自南下林子土墼埕鬼子山春牛埔上帝廟坑中營埔萬壽亭中樓子北教塲直至北海尾將南北東三面圍築堡牆約高一丈底寬一丈八尺上寬一丈每丈用土十四方牆頂高三尺寬一尺五寸用土半方共土十四方半每丈八層每層用茅竿草四擔共三十二擔牆長一千七百八十丈每丈約費銀六兩八錢零計共需銀一萬一千二百四十六兩有奇赤嵌筆談

雍正十一年

上諭從前鄂彌達條奏臺灣地方僻處海中向無城池宜

建築城垣炮臺以資保障經大學士等議覆令福建督
撫妥議具奏今據郝玉麟等奏稱臺灣建城工費浩繁
臣等再四思維或可因地制宜先於見定城基之外買
備刺竹栽植數層根深蟠結可資捍衛再於刺竹圍內
建造城垣工作亦易興舉等語朕覽郝玉麟等所奏不
過慮其地濱大海土疏沙淤工費浩繁城工非易故有
茨竹藩籬之議殊不知城垣之設所以防外患如必當
建城雖重費何惜而臺灣變亂率皆自內生非禦外寇
比不但城可以不建且建城實有所不可也臺郡門戶
曰鹿耳門與府治近號稱天險港容三舟旁皆巨石峯
稜如劍戟舟行失尺寸頃刻沉沒內設炮臺可恃以爲

固其法最善從前平定鄭克塽朱一貴皆乘風潮舟行
入港水高港平衆艘奔赴無所阻礙大兵一入即獲安
平港之巨舟賊無去路而撫其府市人民南北路商賈
一聞官軍至絡繹擱載而來相依以自保物力既充士
氣自倍賊進不能勝退無可守各鳥獸散終無所逃遁
故旬日可以坐定向使賊衆有城可據收府市人民財
物以自固大兵雖入攻之不拔坐守安平曠日相持克
敵不易蓋重洋形勢與內地異此即明效大驗固未可
更議建制也若謂臺灣築城即以禦臺灣外寇是又不
然從前兩征臺灣皆先整兵泊舟於澎湖之南風澳以
候風潮之便歲不過一時時不過數日若盜賊竊發或

外番窺伺泊舟澎湖則夕至而朝捕之至南北二路可通之地雖多然如南路之蟯港北路之八掌溪海豐港鹿子港大甲二林三林中港竹塹蓬山惟小舟可入其巨港大舟可入者不過南路之打鼓東港北路之上淡水其次則北路之笨港鹹水港去府治較遠縱有外寇亦不敢道於此備設炮臺汛撥汛兵朝夕巡視自足以資控禦今郝玉麟等請於見定城基之外栽種刺竹藉爲籓籬實因地制宜甚有稗益其淡水等處炮臺務須建造各屬並應增脩不可惜費省工或致潦草應如何舉行之處着郝玉麟趙國麟妥協定議具奏欽此續據該督郝玉麟等題准臺灣府治自小北門起至南水門止俱屬沙土甚以栽種刺竹其西面一帶迫臨海濱潮汐往來難以種竹應建大炮臺兩座設立敵臺城門望樓等項至府治西北一方見有鎮營駐劄營盤惟東南一處亟未設立議於大東門內設立營盤一處小南門邊設立營盤一處仍命各營盤一體圍植刺竹並南路之茄藤港等處建炮臺十座府治西面一帶炮臺空隙處所設立木柵以資捍蔽咨稿

公署

滿漢兩察院

在府治東安坊鳳山縣公館舊址南向大堂川堂各一座左右建滿漢察院住宅各二進旁列廂房十餘間大堂前爲儀門又爲大門外爲木柵照牆東西轅門兩旁建鼓亭外爲掛號房爲官廳雍正元年建乾隆元年滿察院自起圍牆左旁曠地爲射圃搆草亭三間十五年漢察院楊開鼎闢右旁曠地爲射圃未

就十六年漢察院錢琦成之

校士院

在東安坊縣學左今廢乾隆二十七年改建海東書院三十年改建祀聖宮

分巡道

在府治西定坊西向凡三座每三進由大門儀門入而廳事顏曰敬事堂堂之右為齋閣為住宅堂左側則掾吏處之堂下左右屏舍輿隸居之大門內左為福德祠右為官廳外為照牆為鼓亭為轅門照牆外為巡捕廳署後有臺曰澄臺亭曰斐亭巡道高拱乾建雍正三年巡道吳昌祚於署之東南隅建關帝廟觀音堂魁星閣媽祖廟雍正十二年巡道張嗣昌添建官廳乾隆五年巡道劉良璧建豐亭于署後東南隅十年巡道莊年建媽祖廟于澄臺側二十七年巡道覺羅四明重修

臺灣府

在東安坊南向舊係偽宅兩座毗連後左畔一署傾圮惟存右署規制稍隘雍正七年知府倪象愷即左畔基址恢廓重建大堂川堂二堂東西齋閣廂房大門儀門悉具大門之內左為土地祠右為官廳大堂下兩旁為六房外環以木欄前列照牆規模軒敞貢生黃國英董其事五十餘日落成雍正九年知府王士任建三堂一座又置四層住屋一所為東寧新署署右側舊有榕梁四合亭遺址地甚寬敞乾隆三十年知府蔣允焄改建官廳三間曲檻迴廊重樓複閣池臺亭沼各色悉備又編竹為籬雜蒔花木備極勝概

海防廳

一在西定坊西向乾隆二十七年同知何愷建內省軒一在鹿耳門

經歷司

在府署東南南向

儒學教授

在府儒學明倫堂後

訓導

舊在學宮左乾隆十五年移建奎光閣後

臺灣縣

在鎮北坊西向前為新民堂堂後為愛堂堂後為齋閣為住宅為射圃築亭曰潤餘亭左為天后宮右為庖廩堂前為儀門儀門外左為福德祠右為獄乾隆十五年知縣魯鼎梅新建　舊縣署在東安坊開闢時建雍正五年知縣冷岐暉重修移建後改為海東書院今廢

縣丞

原在府署東雍正九年移駐羅漢門乾隆二十七年奉文建署未就

典史

在郡署右

新港巡檢司

在府署東郎縣丞舊署乾隆二十六年巡檢裁署移建斗六門

儒學教諭

在縣學明倫堂後

訓導

在明倫堂左乾隆十五年移建崇聖祠後

鳳山縣

在城內興隆莊東南向康熙四十三年知縣宋永清建五十七年知縣李丕煜重修大堂川堂後堂公廨悉如制乾隆五年知縣程芳建六房十二年知縣呂鍾秀建露臺十七年知縣吳士元建天后宮二十一年知縣丁居信建花廳二十七年知縣王瑛曾重修

縣丞

原在萬丹乾隆二十六年移駐阿里港

典史在縣東原在縣西偏康熙二十三年建後廢雍正十二年知縣錢沬移建
淡水巡檢司在大崑麓雍正九年建今賃公館在港東里崁頂街
儒學教諭在崇聖祠右明倫堂側
訓導在明倫堂後乾隆十年知縣呂鍾琇建
公館在府治寧南坊

諸羅縣在城內原在佳里興康熙四十三年移駐今所四十五年攝縣同知孫元衡建大堂川堂儀門五十五年知縣周鍾瑄增建後堂內廨左右兩廊庫在大堂右獄在儀門右五十九年署縣通判孫魯脩雍正六年知縣劉良璧再葺乾隆五年知縣何衛重建六房又于縣左增置社番納餉公所一座十六年知縣周芬斗增建　天后宮二十一年署縣稽璇改建　天后宮二十七年知縣衛克堉鼎新重建
縣丞在笨港街坂頭厝原在笨港街磚仔窰雍正十二年移建今所
典史在縣署右雍正二年建乾隆二十六年典史周兆新重脩
佳里興巡檢司在鹽水港雍正十年建地低有水患歷任巡檢增脩
斗六門巡檢司在斗六門乾隆二十六年發帑新建
儒學教諭在明倫堂左側
訓導在明倫堂
公館在府治東安坊

彰化縣在縣城北雍正六年知縣湯落聲建前為大堂後為川堂為後堂為庫房為廂房左側廚房右側小軒乾隆五年知縣許廷璠重建六房八年知縣劉靖建幕廳十三年知縣陸廣霖十四年知縣蘇渭生相繼脩監獄十八年知縣劉辰駿建　天后宮二十五年知縣張世珍建官廳
縣丞在貓羅保南投街乾隆二十四年發帑新建
典史在縣署南乾隆十二年典史朱江重建二十六年典史仇作霖脩
鹿子港巡檢司在鹿子港雍正十年建乾隆二十年巡檢沈明禹重脩
貓霧捒巡檢司在貓霧捒雍正十年建
儒學教諭在縣學
訓導在縣學
公館在府治鎮北坊

淡水廳在竹塹士林莊廳治內舊公館在彰化縣治雍正十二年同知王汧建乾隆七年同知莊年重建大門儀門大堂二堂悉具二十一年同知王錫縉改建今所二十八年監生何長興捐脩
竹塹巡檢司在竹塹城內乾隆十一年建
八里坌巡檢司在八里坌莊雍正十一年建乾隆十五年風災圮今移駐新莊
淡水公館在廳署左乾隆二十八年同知夏瑚建

澎湖廳在澎湖大山嶼西澳原巡檢舊署

倉庫

臺灣府庫在府署右倉厫二所在鎮北坊縣治左七十六間一在東安坊舊縣治右三十七間

臺灣縣倉厫四所一在舊縣治左計五十七間一在紅毛樓縣治右計一十四間一在安平鎮計二間一在羅漢門計三間監倉一所在縣治左共二十間乾隆二十四年奉文新建社倉一所舊在鎮北坊計四間康熙五十年臺廈道陳璸建乾隆十五年知縣魯鼎梅改建縣署因就縣倉以貯社穀又二所一在大傑巔社一在新港社

鳳山縣倉厫二所一在府治錢局計三十八間一在府治東安坊計二十一間一在府治大埔計二十間一在安平鎮計二十五間一在興隆莊計卅八間監倉一所在縣治舊倉後計五間乾隆二十四年奉文新建社倉一所在萬用街計二間番社社倉八所一在放索社一在茄藤社一在力力社一在上淡水社一在下淡水社一在搭樓社一在武洛社一在阿猴社各定額二間

諸羅縣倉厫四所一在府治東安坊原一百三十六間通年倒壞四十六間實存九十間乾隆十二年歸府掌管七十間今實二十間一在笨港計一百零九間一在縣治計八十間一在斗六門計九間社倉七所一在諸羅山一在安定里一在斗六門一在茅港尾一在善化里一在新化里一在打猫庄各建一間番社社倉一十二所一在諸羅山社一在打猫社一在他里霧社一在柴裏社一在蕭壠社一在大武壠加麥社一在大武壠頭社一在大武壠芒仔芒社一在哆咯嘓社一在阿里山社一在蔴豆社一在灣裏社監倉未建監穀寄貯各番社

彰化縣倉厫四所一在縣治半線保計一十五間康熙五十二年諸羅知縣周鍾瑄建一在鹿子港計一十六間一在貓霧捒計三間並雍正年間奉文建一在林既埔計二十一間乾隆十六年莊民合建社倉未建社穀寄貯半線縣倉

淡水廳倉厫四所一在竹塹城計一十二間一在八里坌計一十二間一在後壠社計一間一在南嵌社計一間監倉二所一在竹塹城計五間一在廳署內計六間社倉未建番社社倉三十四所一搭搭攸社一峰仔峙社一擺接社一雷里社一武勝灣社一圭柔山社一大浪泉

社一八里坌仔社一毛少翁社一北投社一奇里岸社一小雞籠社一金包裏社一大雞籠社一三貂社一南嵌社一龜崙社一坑仔口社一霄裏社一竹塹社一後壠社一中港社一菌裏社一新港社一加志閣社一吞霄社一宛裏社一房裏社一猫盂社一德化社一大甲社一雙蓁社一南日社一蔴著舊社

澎湖廳倉厫一所在媽宮澳計一十二間

坊里

臺灣縣四坊二十里一保二莊

東安坊　西定坊　寧南坊　鎮北坊　永康里在縣治東附郭距城一十五里　長興里距城二十里　新豐里距城四十里　保大西里距城三十里　保大東里距城四十里　歸仁南里距城二十里　歸仁北里距城二十里　崇德里距城二十五里　新昌里原屬鳳山縣雍正十二年改歸○距城五里　永寧里原屬鳳山縣雍正十二年改歸○距城十里　依仁里原屬鳳山縣雍正十二年改歸○距城十五里　永豐里原屬鳳山縣雍正十二年改歸○距城二十五里　仁和里距城十五里　仁德南里距城十五里　仁德北里距城二十里　文賢里距城二十里　效忠里即安平鎮廣半里袤十里康熙六十一年改今名在邑治西南○距城水程七里旱程二十里　廣儲東里距城四十里　廣儲西里距城三十里　武定里距城二十里　新化里原屬諸羅縣雍正十二年割其半歸邑轄○距城二十里　土墼埕保原屬鳳山縣雍正十二年改歸　大目降莊距城三十五里　羅漢門莊原屬鳳山縣雍正十二年改歸○距城六十五里

鳳山縣八里七莊

興隆莊在縣治內　長治里一圖距縣六十里　長治里二圖距縣六十五里　維新里距縣五十五里　仁壽里距縣三十里以上俱在縣治北　嘉祥里距縣五十里在縣治東　文賢里距縣七十里在縣治西北　淡水港東里距縣六十里在縣治東南　淡水港西里距縣四十五里在縣治東南　觀音山莊距縣二十里在縣治東　半屏山

莊距縣七里在縣治東北 赤山莊距縣一十五里 大竹橋莊距縣二十里 小竹
橋莊距縣三十五里以上俱在縣治東南 鳳山莊距縣三十里分上莊中莊下莊在縣治西南

諸羅縣舊四里七保十七莊新增三十九保一莊

開化里 善化里 新化里 安定里 赤山保距縣五十里
佳里興保距縣七十里 善化里東保距縣八十里 善化里西保距縣
八十五里 新化里西保距縣八十三里 安定里東保距縣八十里 安定里
西保距縣八十五里 諸羅山保在縣城內 牛椆溪保距縣五里 柴頭港保
距縣十里 大目根保距縣十里 打貓東保距縣十五里 打貓南保距縣二十
里 打猫北保距縣十里 笨港南保 笨港北保 他里霧保
距縣三十里 斗六門保距縣四十里 鯉魚頭港距縣四十里 大坵田東
保距縣七十里 大坵田西保距縣二十五里 大崙腳保距縣四十里 龍蛟

潭保距縣三十五里 白鬚公潭保距縣三十里 鹽水港保距縣四十里 大
槺榔東保距縣三十里 白沙墩保距縣三十里 尖山保距縣四十里 鹿
仔草保距縣二十里 大槺榔西保距縣三十里 太子宮保距縣四十里
下加冬北保距縣三十里 下加冬南保距縣三十里 鐵線橋保距縣
五十里 佳里興保 茅港尾保距縣六十里 麻豆保距縣七十里 安
定東保 安定西保 蕭壠保距縣七十里 新化西保 善
化東保 善化西保 赤山保 果毅後保距縣四十里 哆
咯嘓東保距縣三十里 哆咯嘓西保 諸羅山莊 北新莊
大槺榔莊 井水港莊 茅港尾莊 土獅子莊
鹿仔草莊 龜佛山莊 南勢竹莊 大坵田莊 龜
仔港莊 大龜壁莊 舊嘓莊 新嘓莊 下加冬莊

距縣五十里埤頭庄距縣五十里鹿場庄距縣五十里加長厝庄距縣五十
里西螺港口庄距縣五十里○以上六庄係西螺保界內港尾庄距縣六十里二
崙庄距縣六十里猫兒干舊社庄距縣五十五里麥仔簝庄距縣六十里
布嶼稟大庄距縣六十里龍巖厝庄距縣六十五里○以上七庄係布嶼稟保界內
南勢底庄距縣七十里○係海豐港保界內八人庄距縣四十五里犁頭厝庄
距縣五十里○以上二庄係深耕仔保界內下咳哈庄距縣四十五里大突新庄距縣
二十五里上打廉庄距縣四十五里大崙庄距縣二十五里沓婆庄距縣二十五里
○以上五庄係二林保界內草港庄距縣二十里馬明山庄距縣十里○以上二庄係
馬芝遴保界內

淡水廳舊二保管三十五莊今分一百三十二莊

香山庄距廳城五里南勢庄距廳城西六里西勢庄距廳城西六里隆恩庄距廳

城西五里沓婆庄距廳三十里崁頭庄距廳二十九里田寮庄距廳三十里南
庄距廳三十一里北庄距廳三十一里中港庄距廳三十里加志閣庄距廳五十
里猫星庄距廳四十八里後壠庄距廳四十八里新港仔庄距廳四十九里猫
盂庄距廳八十五里宛里庄距廳七十二里後壠街距廳四十五里船頭庄距廳
四十八里西庄距廳五十一里打那叭庄距廳五十五里白沙墩距廳六十里頭
湖庄距廳五十九里二湖庄距廳六十里三湖庄距廳六十一里吞霄庄距廳
七十里房裏庄即蓬山庄距廳九十六里山柑庄距廳九十五里日北庄距廳九十
七里大甲庄距廳一百里○以上俱廳城南水田庄距廳二里滴仔庄距廳三里竹
塹庄距廳十里樹林頭庄距廳七里金門厝距廳七里造船港距廳十里二
十張犁庄距廳十一里鹿場庄距廳十六里蔴園庄距廳七里猫兒椗
庄距廳十一里枋寮庄距廳十五里婆老粉庄距廳一十五里紅毛港庄

距廳十六里　蠔殼港庄距廳十七里　大溪墘庄距廳四十里　白沙墩庄距廳三十九里　芝芭里庄距廳四十二里　安平鎮南勢庄距廳五十五里　北勢庄距廳五十六里　澗仔瀝庄距廳五十五里　外蠣仔瀝距廳五十里　加冬庄距廳六十里　南興庄距廳六十里　龜崙庄庄距廳六十五里　八座厝距廳五十六里　桃仔園庄距廳八十里　霄里庄距廳八十里　南靖厝距廳八十一里　尖山庄距廳八十五里　奶笏庄距廳七十里　甘棠庄距廳七十里　南崁庄距廳八十里　虎茅庄距廳八十里　大湖庄距廳八十一里　鍾厝庄距廳七十九里　潭底庄距廳八十里　坑仔口庄距廳八十一里　田寮庄距廳八十五里　大南灣距廳九十里　小南灣距廳九十里　長道坑庄距廳九十里　三角埔距廳九十里　石頭溪庄距廳九十一里　海山庄距廳九十二里　隆恩庄距廳九十一里　彭厝庄距廳九十一里　中庄仔距廳九十二里　中港厝庄距廳九十三里　塭仔庄距廳九十二里　新庄街距廳九十三里　山腳庄距廳九十三里　永興庄距廳九十七里　擺接庄距廳九十八里　新埔庄距廳九十八里　火燒庄距廳八十五里　加里珍庄距廳八十七里　頭重埔庄距廳九十里　大牛椆庄距廳九十八里　八里坌庄距廳九十一里　埤頭庄距廳九十里　石灰窰庄距廳一百里　廣福庄距廳九十八里　柑林庄距廳九十七里　員林仔庄距廳一百里　清水坑庄距廳一百里　牛埔庄距廳九十八里　南勢庄距廳九十八里　二十八張犂庄距廳一百八里　秀朗庄距廳九十七里　芎蕉腳庄距廳九十八里　武勝灣庄距廳九十七里　大坪林庄距廳一百里　彰和庄距廳一百里　永和庄距廳一百里　周厝崙庄距廳一百一十里　萬盛庄距廳一百里　古亭庄距廳一百里　艋舺渡街距廳一百里　奇武卒距廳一百十五里　大浪泵庄距廳一百一十里　中崙庄距廳一百一十里　下埤頭庄距城一百一十里　大加臘庄距廳一百八里　上

埤頭庄距廳一百十里　興福庄距廳一百十一里　內埔仔庄距廳二十一里
新庄仔距廳一百十五里　嗒嗒攸庄距廳一百十里　貓裏錫口庄距廳一百十里　里
族庄距廳一百一十里　內湖庄距廳一百二十里　南港仔庄距廳一百五十里
和尚洲庄距廳九十八里　峯仔峙庄距廳一百八十里　石角庄距廳一百五十
里　八芝蘭林庄距廳一百三十里　瓦笠庄距廳一百二十里　北投庄距廳
一百四十里　奇里岸庄距廳一百三十里　干豆庄距廳一百一十里　八里坌
仔庄距廳一百二十里　滬尾庄距廳一百三十里　芊蓁林庄距廳一百四十里○
以上俱係廳城北

番社

臺灣縣　大傑巔社距城七十里原係鳳山縣雍正九年改歸　卓猴社距城三十里
新港社距城二十里以上二社原隸諸羅縣雍正九年改歸○三社俱熟番

鳳山縣　淡水社在縣南四十里　下淡水社在縣南四十里　阿猴社在縣東南
四十里　搭樓社在縣東南五十里　武洛社一名大澤機在縣東南六十里　力力社
在縣南六十里　茄藤社在縣南六十五里　放緈社在縣南七十里以上八社熟番　山猪
毛社　小毛孩社　萬里篤社　山無崙社　加六堂
社以上四社附山猪毛俱歸化生番　八絲力社　礁老其難社　加少
山社　加蚌社　加無郎社　施汝臘社　北葉安社
一名心武里　山裏留社　錫干社　加走山社　拜律社
毛絲絲社　何律社　施率臘社　礁網曷氏社　七
郷亭社　加無朗社　加籠雅社　陳阿脩社　礁勝
加物社　盆難社　加泵社　務朗逸社　陳阿難社
加者惹也社　勃朗錫干社　望仔立社以上二十七社傀儡

山歸化生番 琅嶠社 猫仔社 紹猫釐社 猪勝束社 名一
地盤松 合蘭社 上哆囉快社 蚊率社 猴洞社 龜
勝律社 猫籠逸社 猫里毒社 滑思滑社 加錐
來社 施那隔社 新蟯牡丹社 下哆囉快社 德
社 慄留社 以上一十八社琅嶠歸化生番 治本社 射馬干社 呂
加罔社 拔望社 百馬以力社 礁勝那狡社 里
踏里社 八搭禮社 八絲閣社一作八施閣 老郎社 以上一十
社在卑南覓西 募陸社 大龜文社 悶悶社 里立社 朝
猫難社 加那打難社 哆囉網葛氏社 嘪屢里奶
社 礁里亡社 那作社 嗎勝的社 加留難社
龍鸞社 搭祺文社 蜩仔崙社 哆𥋩覓則社 屢

們社 猫美葛社 大狡社 礁猫里力社 搭琳搭
琳社 一大德訖社 射巳寧社 射朧眉社 勝北
社 大板陸社 柯未社 罔雅社 大里力社 七
腳亭社 大東高社 勝哈社 蜩仔㢶社 確只零
社 大烏萬社 以上三十五社在卑南覓南 本灣社 米箕社 新
八里罔社 舊八里罔社 加里房昌社 郎也郎社
干也猫𨻶社 須那載社 株嘪烟社 株栗社
篙律社 甘武突社 甕索社 邦也遜社 丁也老
社 礁勝社 加洛社 加那突社 巴鳩鬱社 沙
別社 以上二十社在卑南覓北共六十五社舊稱卑南覓七十二社○按自山猪毛以下各社生番住居
深山人跡罕至難計里程

諸羅縣

目加溜灣社在縣南七十里近番衆分居社東五里　麻豆社縣西南八十里近番衆分居社東中協庄後距舊社十二里　蕭壠社縣西七十里近番衆分居社東楮根要庄距舊社十五里　哆囉嘓社縣南三十里近番衆分居社東十八里溪內　諸羅山社縣治西北里許　打猫社縣治十里　他里霧社縣東北三十里　斗六門柴裏社縣東北四十里○以上八社平地熟番　大武壠頭社縣東南六十五里　二社縣東南八十里　噍吧哖社縣東南七十里○舊志有木岡芋匏二社今改隸臺灣縣地方管轄　內優社縣東二百七十里　米籠社縣南二百六十里　邦尉社作邦鶻縣東三百四十里　望社　貸社　墩社縣南二百六十里○以上爲內優六社皆歸化生番　大圭佛社縣東北四百七十里　皂羅婆社縣東北三百二十里　干仔務社縣東北二百八十里　盧蔴產社縣東北零十里　踏枋社縣東北二百二十里　猫丹社縣東北百十里　鹿楮社縣東北二百二十里　奇冷岸社縣東北百十里○以上爲阿里山八社皆歸化生番

納納社　芝舞蘭社　芝密社　薄薄社　竹仔宣社　多難社　水輦社　筠椰椰社以上爲崇爻八社生番住偎偏大山東人跡罕至難計里程雍正二年歸化

彰化縣

半線社在南門外　柴坑仔社距城五里　西螺社距城五十里　阿東社距城十五里　眉裏社距城四十三里　東螺社距城四十里　大武郡社距城三十里　馬芝遴社距城二十里　大突社距城三十里　二林社距城三十四里　南社距城五十里　猫兒干社距城四十五里　猫霧捒社距城二十里　岸裏社距城四十五里　阿東社距城四十里　烏牛欄社距城四十里　朴仔籬社距城五十五里　大肚南北中社距城二十五里　水裏社距城三十里　感恩社即沙轆社距城三十五里　遷善社即牛罵社距城四十里　猫羅社距城三十里　北投社距城四十里　南投社距城五十里　映裏社　毛碎社　猫丹

社　社仔社　水扣社　木武郡社　子黑社　子希
社　倒咯社　蠻蠻社　田仔社　猫蘭社　田頭社
思順社　挽蘭社　埔裏社　外斗截社　水眉裏
社　內斗截社　內眉裏社　平來萬社　致霧社
哆咯啷社　福骨社以上二十四社歸化生番在縣治東南水沙連內距縣治九十餘里
巴老遠社　獅頭社　獅尾社以上三社在向里史等社內距縣治九十里
淡水　岸裏舊社距城一百二十里　大甲德化社距城一百里　大甲
東社距城一百里　日南社距城九十里　日北社距城九十里　雙寮社距城
九十里　房裏社距城八十五里　猫盂社距城八十五里　苑裏社距城八十二里　吞
霄社距城七十五里　後壠社距城四十五里　猫裏社距城四十五里　加志閣社
距城五十里　新港社距城四十里　中港社距城三十里　竹塹社距城十里　霄
裏社距城七十里　南崁社距城七十五里　坑仔社距城七十五里　龜崙社距城
八十里　武勝灣社距城一百一十五里　雷裏社距城一百一十五里　搭搭攸社
距城一百三十里　毛少翁社距城一百三十里　北投社距城一百三十里　金包
裏社距城一百八十餘里　大雞社距城一百四十里　雞柔社距城一百三十里　外
北投社距城一百一十里　八里坌社距城一百餘里　峰仔峙社距城一百四十
里　毛搭各社距城二百五十餘里　猴猴社距城四百餘里　卓高匙社距城二百
餘里　奇毛宇老社距城二百餘里　珍汝女簡社距城三百八十餘里　女老社
距城二百餘里　奇五律社距城二百餘里　勿罕勿罕社距城二百餘里　毛老甫
淵社距城三百餘里　哆凹尾社距城二百餘里　丢仔丢社距城二百餘里　東拂
東拂社距城三百餘里　奇立援社距城三百餘里　抵美福社距城二百餘里　賓
仔扣難社距城三百五十餘里　猫美淵社距城二百五十餘里　丁仔難社距城

三百餘里巴老鬱社距城二百餘里八里沙喃社距城三百餘里哆勝美仔遠社距城二百五十餘里屏仔貓力社距城三百六十餘里擺里社距城二百三十餘里新仔羅罕社距城三百餘里奇立丹社距城三百五十餘里毛社陳縣社距城二百八十餘里抵馬悅社距城三百餘里抵美簡社距城三百六十餘里勝援丹社距城四百餘里奇班宇難社距城三百餘里四勝灣社距城四百五十餘里奇宇貓氏社距城四百七十餘里抵美抵美社距城四百餘里打那軒社距城三百餘里踏踏社距城四百餘里匏渡灣社距城五百餘里新仔罕社距城四百餘里奇覔省社距城五百五十餘里搭籠奇社距城五百五十餘里三貂社距城四百餘里

街市

臺灣縣 十字街在郡城四坊之中 花街 眞武廟街 枋橋頭街 嶺後街 嶽帝廟街 山川臺街 經歷巷 大埔街 油行尾街以上俱東安坊 帽仔街 大井頭街 南濠街 看西街 新街即魚市 暗街 下横街 武舖街 水仙宮後街 南勢街 打棕街 鎮渡頭街 北勢街 佛頭港街以上俱在西定坊 打石街 菜市街 柱仔行街 安海街 糖仔街 道口街 竹仔街以上俱寧南坊 禾寮港街 總爺街 竹仔行街 故衣街 針街 關廟口街 媽祖港街 關帝港街 王宮港街 新大道街 水仔尾街 草仔寮街 媽祖樓街 ⿰石婁嘓石街以上俱在鎮北坊 市仔街在效忠里即安平鎮街 舊社街在歸仁北里距城三十里係中路 陴頭街在文賢里距城十里係南路 蔦松街在武定里距城十里係北路 中

樓仔街　春牛埔街以上俱在永康里　嵌仔街在長興里
鳳山縣　大湖街在長治里　半路竹街在維新里　二濫街在維新里　阿公
店街在仁壽里　小店子街在仁壽里　楠子坑街在仁壽里　角宿街在觀音山
里　興隆莊街在縣治城內　埤仔頭街在北門外　下坡頭街在竹橋街　阿
猴街在阿猴街　新園街在港西里　萬丹街在港西里　崁頂街在港東里　阿里
港街在港西里　枋寮口街在枋寮口
諸羅縣　中和街在縣署前　十字街四城之中　布街　總爺街　內
外城廂街　四城廂外街　新店街西門外街尾橋頭　水堀頭
街距縣十里　下加冬街距縣三十里　急水溪街距縣四十里屬鐵線橋保　鐵線
橋街距縣五十里市店在橋南北往來衝衢一往縣治一往鹽水港　茅港尾街距縣六十里市
店在橋南　灣裏溪墘街距縣七十里　灣裏街距縣八十里○以上屬善化里東保　木

柵街距縣八十里距府二十里屬新化里西保　大排竹街○距縣二十五里屬下加冬保　哆
咯嘓街距縣三十里屬哆囉嘓保　○番仔渡頭街○距縣六十里屬赤山保　蓮池
潭街距縣八十里　○噍吧哖街距縣八十里○俱屬善化里東保　笨港街距縣三十
里南屬打猫保北屬大槺榔保港分南北中隔一溪日南街日北街舟車輻輳百貨駢闐俗稱小臺灣　土
獅仔保距縣十里　朴仔腳街距縣四十里在大槺榔保舊爲猴樹港街今更名　井水
港街距縣三十五里在鹽水港保　鹽水港街距縣四十里南通鐵線橋北通笨港　蔴豆
街距縣六十里　蕭壠街距縣七十里在安定西保濱海民番貿易　西港仔保距縣八十
里在安定西保濱海民番貿易　竹仔腳街距縣二十里屬外九庄　大坵田街距縣四十
五里在大坵田保　白鬚公潭街距縣三十里在白鬚公潭保　打猫街距縣十里　蘆
蔴產街距縣十里許　大埔林街距縣二十里○以上俱屬打猫保　石溪街
距縣廿里　他里霧街距縣三十里○以上俱屬他里霧保　斗六門街距縣四十里○屬斗

六門保新埤街距縣二十里○屬諸山羅保鹿仔草街距縣二十里榕樹王街距縣三十里○以上俱屬大糠榔保大崙腳街距縣四十里屬大坂田保

彰化縣半線街在縣治半線保分東西南北四市鹿子港街在鹿子港距縣四十五里水陸輻輳米穀聚處員林子街在燕霧保員林子莊距縣治南四十里枋橋頭街在大武郡保距縣東南里東螺街在東螺社距縣南四十里西螺社在西螺社距縣南四十里林旣埔街在水沙連保距縣東南里海豐港街在海豐港距縣西南八十里三林港街在三林港距縣治西南五十里南投社街在猫羅保距縣治二十五里犁頭店街在猫霧拺保犁頭厝莊距縣東北三十里保內更有大墩新莊二小市大肚溪在大肚西保距縣北十五里更北爲沙轆社有沙轆街又北爲牛罵社牛罵街

淡水廳竹塹街在竹塹城內八里坌街在廳治北一百一十五里中港街在廳治南二十五里後壠街在廳治南四十里苑裏街在廳治南八十里新莊街

在廳治北一百一十里艋舺渡頭街在廳治北一百一十五里八芝蘭林街在廳治北一百三十里

澎湖廳媽宮街

橋梁

臺灣縣大枋橋在東安坊嶺後往來通衢架枋爲之僞時所建康熙二十三年知府蔣毓英修乾隆十年臺防同知方邦基重修二十六年貢生陳河瑞新修磚子橋在西定坊荷蘭所築砌磚和灰而成縣口橋隨壞隨修不知何年所建樂安橋在東安坊架木爲之今圮德慶橋在坑子底乾隆十六年知縣魯鼎梅重建濟洋橋在鎮北坊通衢往來之所架木爲之隨壞隨修新橋在鎮北坊縣署之右永安橋在西定坊太平橋在水仙宮後鄉人架木爲之安瀾橋在西門外鎮渡頭架木爲之康熙五十九年知府王珍重修中豎大木旁築以欄扁曰安瀾大橋頭橋在南門外南路往來今圮福安橋在寧南坊馬兵營大橋在永康里北路往來通衢小

橋在永康里洪水衝崩
烏鬼橋在永康里鄉人架木為之
斗米橋在廣儲西保架木為之今被水衝圮
蓬溪橋在永康里中路往來通衢乾隆十六年鄉賓方邦助偕其姪艮同建
馬鞍橋在新化里新港架木為之形如馬鞍故名康熙五十五年里民修
鯽魚潭橋在永康里蔦松崁下乾隆十六年職監侯世光建
柴頭港橋在小北門外諸彰北路往來通衢先是橋圮邊海地低潮水漫衍終歲泥濘行人病涉乾隆二十四年知縣夏瑚重建並砌大路十里行者稱便
安平鎮渡在西定坊水程六七里過渡即安平鎮
大井頭渡在西定坊今移在鎮路頭
二鯤行渡在文賢里夏秋大水以小船濟人春冬則架竹橋
塭岸渡在州子尾以小舟濟人
岡山溪渡在崇德里以竹筏渡人

鳳山縣

小店仔橋在仁壽里小店仔街縣北二十里木梁長二丈許輿馬可通俗呼橋子頭
鯽子潭橋俗呼二濫橋縣北四十里地當孔道康熙三十一年南路營叅將吳三錫建久壞五十三年鄉民林鼎重建今復圮夏秋水滿以小舟濟人冬春水淺編竹覆土其上輿馬可通
岡山溪橋在嘉祥里縣北四十里編竹覆土輿馬可通
鳳出港橋在長治里縣北四十里夏秋溪漲用竹筏濟人冬春水淺編竹覆土其上以通輿馬康熙年間莊民同建
楠仔坑橋在觀音山楠仔坑街縣東十里架木為橋長二丈許輿馬可通康熙年間叅將吳三錫建後圮居民相繼修
中衝崎橋在原觀音山里今廢未建
赤山仔橋在赤山莊縣東十五里架木為橋鄉民建
竹子港橋在竹橋莊縣東二十里架木為之
陂腹內橋在大竹橋里陂腹內莊縣東二十里架木為之高九尺長十餘丈乾隆二十一年職員傳聯選建
坑仔口橋在下淡水縣東南五十里架木為之康熙年間叅將吳三錫建尋圮莊民修
硫磺水渡亦稱田尾渡在縣東七里大路之衝寬十餘丈有潮流小舟渡人
小硫磺渡與硫磺水渡路相連在縣南七里係鄉往來必經之地有潮流亦有舟楫停泊以竹筏濟人
蘭波嶺渡在港西里縣北四十里小舟渡人即上路頭渡
阿猴渡在港西里縣東四十里小舟渡人
萬丹渡在港西里縣東四十里小舟渡人
新園渡在港西里縣東四十里小舟渡人○以上三渡皆八社番掌管贌渡為中元之資官司憐恤窮番之意也○按以上四渡俱係

淡水溪渡一水環流分而爲四中浮沙洲一片春冬水淺不過數十丈間耳夏秋泛漲沙埔淹沒渡程幾至四五更又係橫流衝水而渡常有濟渡覆溺者凡遇大水泛濫往來宜慎

排仔路頭渡在港東里縣東四十里以竹筏濟人

萬丹港渡在興隆庄縣西四十里濶約十餘丈係內海小門從府治渡海及廣海村莊往來必濟斯渡小舟渡人

岐後渡在興隆莊打鼓山麓縣南七八里港濶三里許往岐後貿易及採捕之人經此外爲岐後汛弁兵漁莊往來甚夥小舟渡人

二層行溪渡在長治里縣北五十里許溪北屬臺溪南屬鳳原有木橋今廢小舟渡人舊志入橋梁

蟯港渡在仁壽里縣西北二十餘里海口小渡

彌陀港渡在維新庄縣西北三十餘里以竹筏渡人馬轎可渡外通大海

諸羅縣

東門橋在縣城東　西門橋在縣城西　南門橋在縣城南　北門橋在縣城北以上四橋俱架木爲之歷任知縣重脩

西門外橋在新店街府治六路　嵜仔溝橋在西門外文廟西　三苞竹橋在三苞竹庄　新店橋在三苞竹西鹽水港大路　杉橋頭在三仔庄西鹽水港大路　白鬚公潭橋在下潭庄前鹽水港大路　鹽水港北橋在鹽水港街北府治大路乾隆五年知縣何衢重脩　里仁橋在鹽水港街南府治大路　鐵線橋在開化里南　茅港尾橋在開化里北○以上二橋各爲一港相距十里縣治抵郡必由之路○舊時冬春編竹爲橋上覆以土夏秋水漲漂蕩無存設渡濟人康熙五十五年知縣周鍾瑄各建木橋監生陳仕俊捐銀五十兩助之然水潦衝決時壞時脩乾隆二十七年貢生翁雲寬等倡建廣大堅固

番仔橋在蔴豆保東赤山蔴豆往來孔道　蔴豆店橋　蔴豆口橋並存水堀頭相距數百武南北孔道　木柵橋在木柵街北南北孔道　牛庄橋在善化里東保大武壠抵郡大路　大排竹橋在大排竹街頭沿山抵郡大路　加冬橋在下加冬街北府治大路　后壁寮橋在上加冬街府治大路　角仔寮橋在縣城南里許沿山抵郡大路　灣橋在大目根金獅寮抵郡大路　斗六門橋在斗六門街　他里霧橋在他里霧保　笨港橋在笨港街南北孔道○按以上各橋率于冬春編竹爲之至夏秋間水漲後設渡以濟　新庄橋在大坵田南白鬚公潭北乾隆二十七年知縣衛克堉重建碑記見藝文　草地尾橋在城南里許大圳上南北

孔道○按以上各橋俱架木爲之此橋獨砌以石倍爲鞏固八掌溪渡在上水堀頭縣南 里乾隆六年知縣何衢詳歸諸羅山番社設渡濟人枋樹角渡在半月庄縣南十里乾隆十八年知縣徐德峻批允南湘寺僧人設渡濟人得渡稅銀三兩充爲本寺香燈之需水溪上渡在新營保縣南十里府治通衢乾隆十六年知縣周芬斗批允僧人普日設渡濟人所收渡稅充爲城隍天后香燈急水下溪渡在鹽水港南縣南十里乾隆十六年知縣周芬斗批歸蔴豆社番設渡濟人渡稅銀五兩充茅港尾觀音亭香燈灣裏溪渡在灣裏溪縣南十里府治通衢渡船二隻乾隆六年知縣何衢詳歸灣裏蔴豆二社番輪流駕駛大[illegible]崙渡在大武壠保縣東南十里乾隆六年知縣何衢詳歸大武壠頭社番設渡濟人龍蛟瀨渡在大武壠保縣東南十里乾隆六年知縣何衢詳歸大武壠二社番設渡濟人走馬瀨渡在大武壠保縣東南 里乾隆六年知縣何衢詳歸大武壠二社番設渡濟人榕樹王渡在大槺榔保縣西南十里康熙六十一年知縣汪 批允城隍廟僧人設渡濟人所收渡稅充爲本廟香燈鐵線橋渡在開化里縣東南十里渡濶三十餘丈乾隆六年

知縣何衢詳歸蔴豆社番設渡濟人茅港尾渡在開化里縣西南十里乾隆六年知縣何衢詳歸蕭壠社番設渡濟人蕭壠渡在開化里縣西南十里乾隆六年知縣何衢詳歸蕭壠社番設渡濟人井水港渡在鹽水港縣西南十里雍正七年知縣劉良璧批允僧人興亮設渡濟人渡稅銀十六兩充爲城隍廟香燈乾隆七年渡夫洪五呈請每年另出銀十五兩充作鹽水港里仁橋費鹿場渡在蚊港口縣西南十里乾隆十八年知縣辛竟可批允生員黃國寶設渡濟人二竹圍渡在井水港下流縣西南十里乾隆三年知縣戴大旻批允庄民翁輝設渡濟人年納城隍廟香燈蚊港渡在鹽水西學甲社縣西南十里乾隆八年知縣嚴暻批允港戶鄭宏賓設渡濟人所收渡稅全充港餉直加弄港渡在安定里海汊縣西南十里自開闢後歸港戶蔡育等設渡濟人年徵渡稅銀四十二兩七錢三分零充輸港餉篤加港小渡在安定里縣西南十里乾隆六年知縣何衢詳歸蕭壠社番設渡濟人含西港渡在安定里海汊縣西南十里自開闢後歸港戶王正雅等設渡濟人年徵渡稅銀四十二兩七錢三分零充港餉西港仔渡在安定里海汊縣西南十里自開闢後歸港

戸張助等設渡濟人年徵渡稅銀內管蓛渡舊志作笲
四十二兩七錢三分零充輸港餉蓛在安定
里蕭壠社縣西南十里雍正八年知
縣馮盡善批允生員林暉設渡濟人管蓛小渡在安定里
海汊縣西南十里乾隆十八年知縣徐德峻批允南
浦寺僧人設渡濟人渡稅銀二兩零五錢充本寺香燈
灣港渡在木栅保海汊縣西南十里康熙三十五年
知縣董之弼斷歸港戸盧斗設渡濟人年徵渡
稅銀二十七兩一錢七分零充輸港餉○按該港設立
小船船三十六隻受遠近庄民僱募輸載五穀粃油等
物赴郡起卸臺鳳諸三縣船戸分認遞年貼納本縣八
房紙筆銀三十兩○按該港另有小橫渡在灣口渡
沙船頭渡在木栅保縣西南十里雍正七年知縣劉
良璧批允府治天后宮僧人設渡濟人所收
渡稅充爲本官香燈續又批允庄民笨港渡在笨港街縣西三十
王守渙另設一船與僧輪流駕駛
里雍正二年知縣孫魯批允本街天后宮牛椆溪渡舊
僧人設渡濟人年收渡稅充爲本官香燈志
作牛朝溪渡在江厝庄縣北○里乾隆六年知縣何衢
詳歸打猫社番設渡濟人○按外九庄另有牛朝溪下
渡大埔林渡在打猫仔縣北十里朴仔脚渡在朴仔街縣北十里舊有本橋乾

隆二十六年洪水衝壞今夏秋石龜溪渡在他里霧保
間街民鋪竹筏濟人不取渡錢縣北十里
現歸他里霧社黃地崙渡在外九庄縣北十里○按
番設渡濟人舊志載洋仔港渡馬松溪渡
今割歸臺邑阿拔泉渡角與鼻渡打馬辰渡樹仔脚渡
猫兒干渡今割歸彰邑白鬖今潭渡小龜佛拔山渡拔
仔林渡犁頭標渡梹仔
林渡歐汪溪渡今俱裁

彰化縣虎尾溪渡諸彰交界處冬春水涸沙草茫茫夏
秋雨水溪漲非船不渡辰中下二渡
公豸蓛渡　鹿場莊渡　打馬辰渡　樹子脚渡　猫
兒干渡　雙條圳渡以上四渡俱在東螺溪　苦零脚渡　大崙脚
渡　上渡頭渡　西螺中渡以上四渡俱在西螺溪　溪心霸渡　柴
坑子渡　大肚溪渡　惡馬渡　新莊溪渡以上五渡俱在大肚
溪　大甲溪渡　阿拔泉渡　濁水溪渡　二八水渡
三條圳渡　枋蓛溪渡　大潭墘渡　雙溪口渡　柳

樹㶑渡　加溜溪渡　林仔潭渡　龍門莊渡　山仔脚渡

淡水廳　北港塘渡　八里坌渡　關渡門渡　劍潭渡　沙猫樹渡　擺接渡

水利

臺灣縣　甘棠潭在保大東里鄉民合築以潭水多生甘棠樹故名　無源潭在永豐里　蓮花潭在文賢里源深水旱不涸可以灌田　王有潭在仁和里鄉民王有所築以灌田者　參差陂在文賢里二圖紅毛時王參差築以灌田故名　月眉池在文賢里圖形如半月　鴛鴦潭在文賢里兩潭相連　鯽魚潭在永康廣儲西長興三里之界延袤三十餘里多生鯽魚年有徵稅三里藉此灌田　嵌下陂地勢卑下鄉人築隄蓄水以灌田　公爺陂在新豐里僞時所築蓄水以灌田　弼衣潭在新豐里香洋子　鼎濟窪在新港社產魚鰕　新港西陂在新化里　新港東陂在新港社

鳳山縣　將軍陂在鳳山下莊提督施琅築陂名日新陂　竹橋陂在竹橋莊水源自阿猴林來　三鎮陂在維新里　大湖陂在長治里　赤山陂在赤山莊周圍百餘丈注水灌田　烏樹林陂在維新里　北領旗陂在維新里　中衡崎陂在仁壽里　新園陂在長治里　硫磺陂在硫磺港有泉可灌田　草潭在觀音山里蓄水甚多灌溉甚廣　石螺潭在仁壽里　蓮池潭在興隆莊即學宫泮池多蓮花故名　井水港在半屏出水源自觀音山出　菱角港東灌嘉祥里田西灌長治維新二里之田　紅毛寮坑在依仁里坑廣而流長大旱水源不竭

諸羅縣　諸羅山大陂即柴頭港陂源出八掌溪長可二十餘里大旱不涸　柳子林陂源由八掌溪分流長十餘里大旱不涸　埔姜林陂源由八掌溪分流長可十餘里　馬椆陂源由內山土圳公崎流出　楓子林陂在下加冬莊東源出白水溪　佳走林陂源由

草潭出安溪寮陂源出白水溪分灌長可十餘里灌本莊及金庫子後鎮上帝廟竹圍後等社
王公廟陂下加冬東南源由白水溪分流新營等莊陂源由白水溪分流長可三十里
許哆囉嘓大陂源出內山九重溪長二十餘里灌本莊及龍船窩埤子頭秀才等莊大旱不涸
大腳腿陂在哆囉嘓兩源出十八重溪長可十里許新陂在北新莊源由諸羅山番子坑流出
長十餘里大旱不涸大溪厝陂在縣治西南三蒲竹源由諸羅山番子坑分流長十餘里朱曉
陂在外九莊大坵田源由荷包嶼大潭出樹林頭陂在外九莊源由八掌溪尾長五六里許
牛挑灣陂在外九莊源由龜子港頭出土獅子陂在外九莊源由牛椆溪出南崙六加
佃莊北灌土獅子莊狗咬竹陂源由牛椆山坑流出長二十餘里灌本莊及番婆莊月眉潭土獅子
北勢等莊莊民合築打猫大潭陂有泉淋雨時新莊柴頭港打猫一帶坑水注焉灌本莊及青埔
仔二莊民合築打猫山腳大陂源出三疊溪長十餘里灌本莊及火燒莊南路厝等莊
民合築虎尾寮陂在打猫莊北源由三疊溪分流雙溪口大陂在打猫崙仔莊源由

三疊溪分流西勢潭陂在打猫莊西北源由三疊溪分流灌西勢潭柴林腳二莊莊民合築阿
陳莊大陂在他里霧東南源有二一由石龜溪分出一由庵石坑出糞箕湖陂在他里霧
社源由虎尾溪出洋子莊陂在茅港尾東原有舊陂圯莊民重脩番子橋溝陂在茅
港尾灌佳里興茅港尾二莊莊民合築烏山頭陂即龍船窩陂烏山頭二鎮龍船窩等莊莊民合
築北社尾陂在縣治西北灌北社尾水牛厝二莊白斗坑陂在縣治北康熙四十五年
築大目根陂在縣治東北牛椆溪槺榔莊陂在外九莊灌大小槺榔二莊莊民合築
頭橋陂在打猫莊東中坑子陂在打猫莊東北他里霧番子陂在他里霧
社埔姜崙陂在他里霧社西猴悶陂在他里霧社北尖山莊陂在柴裏社東南
柴裏莊陂在柴裏社斗六莊陂在斗六門防汛後大竹圍陂在斗六門防汛
前走猪莊圳源由石龜溪分入灌走猪排子路頭二莊荷包連圳在走猪莊北源由石
龜溪分入加冬腳莊圳在他里霧社南源由小龜溪分入灌加冬腳殿子林二莊石龜溪

莊圳源由石龜溪分入 北香湖在縣治北一里許泉深地廣盤曲三四里縣治東北一帶之水歸焉大旱不涸康熙三十四年番民合築陂於下流名番子陂詳見藝文 龍湖潭在龍湖巖前別見莊記

彰化縣 鹿場陂在虎尾溪墘源由虎尾溪分流 打馬辰陂在西螺社東源由虎尾溪分流 西螺引引莊陂在西螺社西 打廉莊陂在東螺社西北 燕霧莊陂在半線社南 馬龍潭陂在貓霧捒潭有泉源合內山之支流灌之田甚廣 施厝圳在東螺保康熙五十八年莊民施長齡築 十五莊圳在大武郡保康熙六十年莊民黃仕卿築 二八水圳橫亘施厝圳十五莊圳山 萬丹坑圳在南北投保東 萬斗六溪圳在縣治東北萬斗六埔 大甲溪圳在岸裏阿里史等社 兒面潭在半線山內水所瀦夏秋則盈冬春則涸居民土番取其魚蝦爲食 水漣潭在水沙連社詳見山川

海防

臺灣縣 鹿耳門港自廈至臺大商船及臺屬小商船往諸彰淡水貿易俱由此出入 大港臺屬小商港船往鳳山貿易由此出入

鳳山縣 打鼓港 東港 茄藤港以上俱無大商船停泊惟臺屬小商船往來貿易

諸羅縣 笨港 蚊港 鹽水港 猴樹港以上惟臺屬小商船往來貿易

彰化縣 鹿子港 海防港 三林港以上三港惟臺屬小商船往來貿易

淡水廳 勞施港 蓬山港 後壠港 中港 竹塹港 南嵌港以上俱無大商船停泊惟臺屬小商船往來貿易 淡水港自廈至港大商船十隻名爲社船於此出入臺屬小商船自三月東南風發往[illegible]至八月止

附考

定例海船出洋其置船時先赴各該縣報明購料在廠成造竣日仍赴縣禀請驗量樑頭長短廣深丈尺塡明印烙取具澳里族隣行保結狀給照聽其駕駛出洋貿易

商船自廈來臺由泉防廳給發印單開載舵工水手年貌并所載貨物於廈之大嶝門會同武汛照單驗放其自臺回廈由臺防廳查明舵水年貌及貨物數目換給印單於臺之鹿耳門會同武汛照驗出口臺廈兩廳各於船隻入口時照印單查驗人貨相符准其進港出入之時船內如有夾帶等弊卽行查究其所給印單臺廈二廳彼此彙移查銷如有 船未到及印單久不移銷卽移行確查究處

商船自臺往廈每船止許帶食米六十石以防偷越如敢違例多帶米穀嚴加究處

臺屬之𦨭仔杉板頭一封書等小船領給臺鳳諸三縣船照同年換照三邑各設有船總管理惟彰化縣止有大肚溪小船僅在該港裝載五穀貨物係鹿子港巡檢查驗按月造冊申報臺防廳查核臺鳳諸三縣各船若往南路俱由臺邑之大港汛出入係新港司巡檢掛驗仍報臺防廳查考如往北路俱由鹿耳門掛驗出入其各船往南北貿易船戶行保具結狀一紙塡明往某港

字樣同縣照送臺防廳登記號簿給與印單以水途之遠近定限期之遲速該港汛員查驗蓋戳入口在港所載是何貨物及數目填明單內查對明白蓋戳聽其出口回郡到府之日將印單呈繳鹿耳門文武汛查驗單貨相符蓋戳聽其駕進府澳各港汛員仍將出入船隻每五日摺報聽臺防廳稽查如違限未回嚴比行保并行各港汛員挨查以防透越之弊

淡水舊設社船四隻向例由淡水莊民僉舉殷實之人詳明取結赴內地漳泉造船給照在廈販買布帛烟茶器具等貨來淡發賣即在淡買糴米粟回棹接濟漳泉民食　雍正元年增設社船六隻　乾隆八年定社船

十隻外不得再有增添每年自九月至十二月止許其來淡一次回棹聽其帶米出口其餘月分仍令赴鹿耳門貿易　九年□臺道軍工廠辦大料由社船配運赴廈再配商船來臺交辦自九月至十二月止不限次數聽其往淡

商船撥運內地兵米及採買平糶米穀俱照樑頭丈尺分派該船樑頭一丈七尺六寸至一丈八尺者為大船配載三百石樑頭一丈七尺一寸至一丈七尺五寸者為次大船配載二百五十石樑頭一丈六尺至一丈七尺者為大中船配載二百石樑頭一丈五尺六寸至一丈六尺者為次中船配載一百五十石樑頭一丈四尺

五寸至一丈五尺五寸者爲下中船配載一百石其樑頭一丈四尺五寸以下之小商船例免配載每石脚價定銀六分六釐六毫五絲自廈載往他處水程每百里加銀三釐遇奉文起運之時將入口船隻計樑頭之丈尺配米穀之多寡至交卸處所水程有近遠之不同將交卸地方寫入鬮內當堂令各船戶公同拈鬮鬮值何處卽照拈配運若水途窵遠如至福州府屬及南澳等處交卸者給與免單三張其餘興漳泉等屬則水途較近給與免單一張俟該船下次入口將免單呈繳免其配運至臺灣小船往各港運載到府交卸者每石脚價銀三分着船總僱撥小船運載

流寓臺民有祖父母父母子女以及子之妻與幼孫幼女先在內地有願住臺及欲來臺探望者許其呈明給照渡海　乾隆五年停止

海洋禁止偸渡如有客頭在沿海地方引誘包攬索取偸渡人銀兩用小船載出復上大船將爲首客頭比照大船僱與下海之人分取番貨例發邊衞充軍爲從者減一等杖一百徒三年灣甲地保及船戶船工人等知而不舉者亦照爲從例杖一百徒三年均不准折贖其偸渡之人照私渡關津律杖八十遞回原籍　乾隆元年水師提督王郡奏准偸渡船戶照爲首客頭例發邊衞充軍所得贓銀照追入官該地方官弁縱偸渡人

數至十名以上者專管官罰俸一年兵役各責二十至蹤縱偷渡人數至數十名者專管官降一級兵役各責三十以上並見行則例

北路米由笨港販運南路米由打鼓港販運壬寅六月臺邑存倉稻穀無幾每日減糶數百石不敷民食暫借鳳山倉穀支放自東港運至臺邑進大港不由鹿耳門每石船價八分陸運每牛車止五六石溪漲難行脚價數倍水運雍正癸卯浙江饑運米一萬石甲辰補運四萬石每商船載米五百石運費每石二錢未去之船尚有貼費赤嵌筆談

偷渡來臺厦門是其總路又有自小港偷渡上船者如

曾厝垵白石頭大嶝南山邊鎮海岐尾或由劉武店至金門料羅金龜尾安海東石每乘小漁船私上大船曾厝垵白石頭大嶝南山邊劉武店係水師提標營汛鎮海岐尾係海澄營汛料羅東石金龜尾係金門鎮標營汛安海係泉州城守營汛各汛亦有文員會同稽查同上

近海港口哨船可出入者只鹿耳門南路打鼓港打鼓山南岐後水中有雞心礁北路蚊港笨港淡水港小雞籠八尺門其餘如鳳山大港西溪蠔港蟯港東港通淡水茄藤港放緣港冬月沙淤至夏秋溪漲船始可行大崑麓社寮港後灣子俱瑯嶠地諸羅馬沙溝歐汪港布袋澚茅港尾鐵線橋鹽水港井水港八掌溪猴樹港虎尾溪港海豐港二林港三林港二港亦多沙線

水退去口五六里

鹿子港潮長大船可至內線不能抵港外線水退去口十餘里不知港道不敢出入

水裏港、牛罵、大甲、猫干、吞霄、房裏、後壠、中港、竹塹、南嵌、八里坌、蛤仔難可通杉板船。臺灣州仔尾、西港子灣、裏鳳山、喜樹港、萬丹港、諸羅海翁堀、蓬山港只容舢仔小船。再鳳山岐後、枋寮、加六堂、謝必益、龜壁港、大綉房、魚房港、諸羅鯤仔宊、象領，今盡淤塞，惟小魚船往來耳。

山後大洋北有山名釣魚臺，可泊大船十餘；崇爻之薛坡蘭，可進杉板。上同

郵傳

臺灣縣鋪四 府前鋪南路鋪北路鋪新港鋪鋪兵各四名

鳳山縣鋪七 縣前鋪下淡水鋪楠子坑鋪中衝崎鋪鯽魚潭鋪岡山鋪府前鋪鋪兵各四名

諸羅縣鋪一十五 新港鋪鋪兵四名目加溜灣鋪麻豆鋪倢里興鋪茅港尾鋪大路邊鋪赤山鋪新囒鋪哆囉嘓鋪諸羅山鋪打猫鋪他里霧鋪猴悶鋪柴里鋪草埔鋪鋪兵各三名

彰化縣鋪七 草埔鋪西螺鋪埔姜林鋪小岡鋪大武郡鋪半線鋪大肚鋪鋪兵各三名

淡水廳鋪一十一 大甲鋪猫盂鋪吞霄鋪後壠鋪中港鋪竹塹鋪南嵌鋪淡水鋪雞柔鋪雞籠鋪金包裹鋪鋪兵各三名

卹政

臺灣縣 養濟院 在鎮北坊康熙二十三年知縣沈朝聘建 普濟堂 在縣治城隍廟側計二十間內有藥王廟棲流所乾隆十二年知縣李閭權置計贍園二十五甲六分又租銀一兩六錢

鳳山縣 養濟院 在土墼埕保康熙二十三年知縣楊芳遠建

諸羅縣 養濟院 在善化里東保康熙二十三年知縣季麒光建

彰化縣 養濟院 在縣治東距城里許乾隆元年建

附考

直省各州縣並設普渡育嬰二堂臺郡以在海外獨闕顧臺地土著者少戶口未繁嬰孩從無棄者惟流移孤獨但不免轉死溝壑乾隆十一年巡使六十七范咸特命臺灣縣知縣李闇權創建普濟堂一所計二十間費千餘金有新建普濟堂啓其文曰自昔有虞氏重養老之典而西伯發政施仁以鰥寡孤獨爲先務蓋深念窮而無告之民爲惠鮮懷保者所尤宜加意也

國家氣運昌隆

列聖相承教育備舉重以我

皇上仁心仁政繼

五朝之積累普四海之

恩膏固已衆斯世之民莫不措諸衽席矣惟是臺郡僻在海隅地本殷富是以恤民之典間有所缺比年以來戶口既盛而地不加闢內地流民日聚本院檢閱四縣文移窮黎以貧病轉溝壑者不一而足用是惻然心傷與

諸官寮熟籌

國家令典凡直省州縣各設有普濟堂安集流移立法至善東瀛一方是典獨闕所宜急爲舉行者同城文武諸公悉以爲然余二人首先捐俸今擇地剏建有日但事須集腋而後成政必圖久方可繼是舉也近則物料有需工匠有費遠則計日授糧按月給發其疾病醫藥死

亡賑卹之資皆當一一籌及苟非合肯共襄曷克有濟且夫臺之俗貧難相卹有無相濟風土之善載在郡志臺之紳士趨善急公固無俟余二人之言也爰道余二人補偏救弊之心以為奉使職者分宜如是彼都人士要當共悉斯意耳使署閒情

義塚

臺灣縣 義塚一在寧南坊魁斗山俗呼鬼子山歷年久遠邱塚壘塞一在新昌里康熙五十九年監生陳仕俊買置園地數甲與鬼子山毗連一在水蛙潭計園地八分內葬無主棺骸二百八十具一在北壇前內葬無主棺骸一百六十具一在海會寺前內葬無主棺骸一百八十餘具俱乾隆十七年知縣魯鼎梅買置

鳳山縣 義塚一在臺灣縣魁斗山後久經壘塞一在縣治西門外蛇頭埔雍正十二年知縣錢洙置

諸羅縣 義塚一在諸羅山保計七所一在打貓保計六所一在鹽水港保計五所一在他里霧保計四所一在下加冬保計三所一在哆咯嘓保計三所一在茅港尾保計二所一在蔴豆保計二所一在安定里保計六所

彰化縣 義塚一在快官山前知縣蘇渭生置一在八卦亭山下計園地一甲四分知縣胡邦翰捐置

附考

臺灣古稱荒服土著者少內地客民鶩利而來風氣宜浮土地鬆惡其客死無依者纍纍相望也舊棺櫬率寄頓城廂南北壇中重洋遠隔音耗不聞內地眷屬搬運為難乾隆二十四年臺灣縣知縣夏瑚心甚憫之設法

捐貲代運至厦俾客亡親屬各按氏籍赴厦識認一時傳爲善政其詳文畧曰伏查臺灣遠隔重洋內地商民人等謀利奔馳往來如織其間留滯病故者寔繁有徒悉寄南北二壇及城廂廟宇在臺既無眷屬管顧而內地之親族慮及波濤之險即工費之浩繁運塟甚罕停積日久纍纍相望傷心慘目前於飭埋民間棺骸之便查出流寓棺骸共計三百五十八具悉屬歷年停頓搬運無期若不籌議歸埋必致沈淪海外實堪憫惻輾轉思維惟將有姓名籍貫之棺骸代運赴厦仍先移知原籍不必出差只須示召親屬定限半年內赴厦認領既免涉險多費自必爭先恐後而客亡死柩骸庶得咸歸故

土但至厦之日必須寄頓有所經理有人自應預擇附近海口寬曠廟宇一二處以資停寄選擇誠妥僧人按月給予辛勞銀兩耑司其事俟船戶陸續運交棺骸之日設簿逐一登記小心收貯俟親屬赴領即將具領姓名月日登記簿內以憑查考如一年之後無人赴領就於厦門預擇無礙閒僻官山作爲義塜至期即令該僧人僱工擡埋將死者之姓名籍貫深文鐫刻小碑豎立墳頭以便識認所有掩埋工費每具酌給銀四錢並將年月日期擡埋棺柩若干具用過工費若干兩逐一塡簿不得遺漏於每年夏杪令該僧人將或領或埋總數註明原簿繳廳備查照抄一本行知臺邑存案如此辦

理則流寓棺骸不致再有累積可免暴露拋殘之慘似亦敬體宸仁之一端現將查出有姓名籍貫之棺柩九十三具每具捆紮草辦計需草工銀三錢擡至海口用夫四名并僱船船運交海艇需工脚銀五錢共需銀八錢至厦打擡寄頓每具用夫四名酌議價銀四錢又骸礶一十四身交船上岸共擬夫價銀二錢以上通共需銀一百一十四兩四錢按數捐出辦給所有查出姓名籍貫未確及無姓名籍貫之棺柩共二百四十八具似難遽運俯容申請內地各府行縣出示曉諭民間如有親屬在臺歿故未經開留姓名籍貫者限半年內逐一開明並棺礶記認停寄處所具呈籍縣移知過臺一體

代運統以一年為期如過期尚無移知則屬實在無主毋庸運厦就臺地另擇義塚掩埋倘或查辦時有親屬領運仍聽其便此次辦竣之後每年春季風恬浪靜之時循照查辦一次永遠遵行但在臺查辦得以悉心區畫在厦之寺僧辛勞及掩理工費應先捐廉俸銀五十員以資經理惟是船隻係臺防廳專管應作何飭配免差或另籌船隻免應差使耑運棺骸之處未由擅議而在厦選擇廟宇遴委僧人及預撥官山代給辛勞工費各若干之處未便懸定不揣冒昧謹造具流寓棺骸數目清冊據實詳明伏祈

憲臺察核賜移臺厦二防廳定議舉行

卷之終

續脩臺灣府志卷之三

欽命巡視臺灣朝議大夫戶科給事中紀錄三次六十七　同脩

欽命巡視臺灣朝議大夫雲南道監察御史加一級紀錄三次范　咸

分巡臺灣道兼提督學政覺羅四明

臺灣府知府余文儀　續脩

職官

官制　官秩　列傳

通冉駹爲郡縣俄輒棄之比邛筰於內臣頻勞使者豈果遠方之難柔歟任匪其人也臺自建置以來有監司守令郡屬邑屬之官並同內地至若巡視特簡繡衣掄才專擁絳帳宜威布化權獨隆焉前乎此者姓氏班班可考而某也賢某也否輿論不容沒矣無曠厥職敬爾有官寧爲黔之視勿爲晳之詛志職官

官制

巡視臺灣監察御史滿漢各一員　康熙六十年設乾隆十七年定例自後三年巡視一次不必留駐

提督學政　舊係臺灣道兼攝雍正五年改歸漢御史兼理乾隆十七年仍歸臺灣道兼攝

分巡臺灣道一員　兼督船政舊爲臺廈兵備道雍正六年改

知府一員　總滙四縣刑名錢穀兼支放兵餉經理鹺政

臺防同知一員　專司稽查鹿耳門海口兼督臺鳳諸三縣捕務

淡水同知一員　雍正元年設稽查北路兼督彰化捕務雍正九年割大甲溪北刑名錢穀悉歸管理

澎湖通判一員　稽查船隻管理錢穀遇刑名事件仍歸臺府審結舊係巡檢所轄雍正五年改設

臺灣知縣一員

鳳山知縣一員

諸羅知縣一員

彰化知縣一員雍正元年新設

府首領官經歷一員兼司獄務

臺灣縣縣丞一員雍正九年分駐羅漢內門稽查地方

鳳山縣縣丞一員雍正九年新設分駐萬丹稽查地方

諸羅縣縣丞一員雍正九年新設分駐笨港稽查地方兼查船隻

彰化縣縣丞一員乾隆二十四年新設分駐南投稽查地方兼查海豐三林船隻

鳳山縣淡水巡檢一員稽查地方兼查東港船隻

諸羅縣佳里興巡檢一員分駐鹽水港稽查地方兼查船隻

諸羅縣斗六門巡檢一員舊係臺灣新港巡檢乾隆二十六年移駐

彰化縣鹿仔港巡檢一員雍正九年新設稽查地方兼查船隻

彰化縣貓霧捒巡檢一員雍正九年新設稽查地方

淡水竹塹巡檢一員雍正九年新設稽查地方兼司獄務

淡水八里坌巡檢一員雍正九年新設稽查地方

臺灣縣典史一員

鳳山縣典史一員

諸羅縣典史一員

彰化縣典史一員雍正元年新設以上四員俱隨堂司捕獄事務

臺灣府學教授一員

訓導一員雍正十一年添設

臺灣縣學教諭一員

訓導一員雍正十一年添設

鳳山縣學教諭一員

訓導一員雍正十一年添設

諸羅縣學教諭一員

訓導一員雍正十一年添設

彰化縣學教諭一員

訓導一員雍正十一年添設

附考

康熙三十年奉

旨臺灣各官自道員以下教職以上俱照廣西南寧等府之例將品級相當現任官員內揀選調補三年俸滿即陞如無品級相當堪調之員仍歸部選著為令

康熙六十年議准嗣後文武大小各官不許攜帶眷屬

雍正七年議准臺灣道府同知通判知縣到任一年令該督撫於閩省內地揀選賢能之員乘北風之時令其到臺與舊員協辦半年之後令舊員乘夏月南風之便回至內地補用政績優著者准其加二級稱職者准其加一級以示鼓勵

雍正八年奉

旨臺灣地方關係緊要巡察御史新舊並用始為有益希德愼已留任一年這差着御史栢脩去高山再留巡視一年

又奏准嗣後調臺各員到任二年該督撫另選賢能赴
臺協辦半年之後將舊員調回
雍正十一年覆准臺灣道員准其照鎭協之例三年報
滿知府同知通判知縣准其照叅將等官之例二年報
滿俟協辦人員到臺半年之後令各該員交代清楚回
至內地該督撫照例察核分別具題如果實心辦理地
方寧謐俱准其以應陞之缺即用再查道府應陞之缺
俱係
特旨補用應令該督撫給咨赴部引見候
旨陞用其同知通判知縣俱留於本省遇有應陞缺出該
督撫即行具題陞補

雍正十二年總督郝玉麟奏准調臺官員年逾四十無
子者准其挈眷過臺
乾隆七年議准臺灣知府缺出倘所屬知府內實無合
例可調之員其任內有督催錢糧未完一分以下者吏
部於本內聲明其臺灣知縣缺出仍令該督撫將應行
調補之員調補如實無可以調補之官如應陞人員內
揀選調補
乾隆八年奉
上諭外省佐雜等官除俱已賞給養廉各就該省公項所
餘以分多寡之數查福建一省每員止給銀二十兩未
免用度不敷可為軫念着從本年為始將通省大使佐

粲等一百九十八員每員加倍賞銀二十兩以資養贍
在鹽道庫盈餘項下支給
又議准臺灣訓導三年報滿准其調回內地即陞遇應
陞月分以縣丞府經等官陞用如該員俸次應陞學正
教諭之時吏部截定俸次令該督撫挨次論俸陞用
又議准嗣後臺灣府廳縣准其照道員佐雜教職等官
一體三年期滿報明該督撫照例具題分別陞用免其
留臺協辦

官秩

欽命巡視臺灣御史

吳達禮　滿洲正紅旗人康熙六十一年任留任一年
黃叔璥　順天大興人己丑進士康熙六十一年任留任一年有傳
禪濟布　滿洲鑲藍旗人雍正二年任留任一年
丁士一　山東日照人丙戌進士雍正三年任轉本省按察使
景考祥　河南汲縣人癸巳進士雍正三年任在差改補吏科轉本省鹽運使
汪繼燝　浙江秀水人戊子舉人雍正四年任在差改補吏科未滿丁艱去
索琳　滿洲鑲紅旗人雍正四年任留任一年
尹泰　雲南蒙自人庚午解元雍正五年任
赫碩色　滿洲正紅旗人雍正六年任留任一年
夏之芳　江南高郵州人癸卯進士雍正六年任留任一年主歲科兩試有傳
希德慎　滿洲正紅旗人雍正八年任留任一年
李元直　山東高密人癸巳進士雍正八年任未滿解任

高山 山東歷城人癸卯進士雍正八年任留任一年主歲科兩試

覺羅栢脩 滿洲鑲紅旗人雍正十年任有傳

林天木 廣東潮陽人癸卯進士雍正十一年任主歲科兩試有傳

圖爾泰 滿洲正黃旗人雍正十二年任

嚴瑞龍 四川閬中人戊戌進士雍正十三年任

白起圖 滿洲正藍旗人乾隆元年任

單德謨 山東高密人丁未進士乾隆二年任轉江南鹽驛道

諾穆布 滿洲正藍旗人丁酉舉人乾隆二年任

楊二酉 山西太原人癸丑進士乾隆四年任主歲科兩試有傳

舒輅 滿洲正白旗人乾隆五年三月任

張湄 浙江錢塘人癸丑進士乾隆六年任主歲科兩試有傳

書山 滿洲鑲黃旗人刑科給事中乾隆七年四月任陞吏科掌印給事中

熊學鵬 江西南昌人庚戌進士乾隆八年四月任陞太常寺少卿

六十七 滿洲鑲紅旗人戶科給事中乾隆九年三月任留任二年

范咸 浙江仁和人癸卯進士乾隆十年四月任

伊靈阿 滿洲鑲藍旗人乾隆十二年任留任一年

白瀛 山西興縣人丁巳進士陝西道監察御史乾隆十三年任主歲試

書昌 滿洲正黃旗人甲辰舉人乾隆十四年任留任一年陞少詹

楊開鼎 江南甘泉人己未進士河南道監察御史乾隆十四年任主科試十五年八月以憂去

立柱 滿洲鑲紅旗人戶科掌印給事中乾隆十六年十月任十七年奉文御史三年巡視一次不必留駐關防封貯藩庫

錢琦 浙江仁和人丁巳進士河南道監察御史乾隆十六年二月任主歲科兩試十七年奉文徵

史三年巡視一次不必留駐提督學政關防交臺灣道兼理

官保 滿洲旗人刑科給事中乾隆二十一年三月在省接印四月初九日抵臺九月十九日回京

李友棠 江西臨川人刑科掌印給事中乾隆二十一年三月在省接印四月初九日抵臺九月十九日回京

宗室寶麟 滿洲正白旗人兵科給事中乾隆二十四年十二月在省接印二十五年二月初八日抵臺五月十三日回京

湯世昌 浙江仁和人辛未進士工科給事中乾隆十四年十二月在省接印二十五年二月初八日抵臺五月十三日回京

永泰 滿洲旗人 科給事中乾隆二十八年 月在省接印十月抵臺二十九年五月回京

李宜青 江西寧都人丙辰進士 道監察御史乾隆二十八年 月在省接印十月抵臺二十九年五月回京

分巡臺灣道

本臺厦兵備道兼理學政康熙六十年改爲臺厦道雍正五年學政歸漢察院雍正六年改爲臺灣道乾隆十七年仍兼理提督學政

周昌 奉天人進士康熙二十三年任二十五年解任

王效宗 正白旗人康熙二十六年任

高拱乾 陝西人廕生康熙三十一年任秩滿陞浙江按察使

常光裕 浙江人康熙三十六年任

王之麟 鑲黃旗人貢生康熙三十八年任四十三年調補湖北糧道

王敏政 正黃旗人康熙四十四年任有傳

陳璸 廣東海康人進士康熙四十九年任五十四年陞偏沅巡撫崇祀名宦有傳

梁文科 正白旗人舉人康熙五十四年任五十七年陞廣東按察使

梁文煊 正白旗人監生康熙五十七年任六十年臺變被議

陳大輦 湖廣江夏人進士康熙六十一年任雍正二年卒於官有傳

吳昌祚 正黃旗人監生雍正二年任六年陞山東按察使

孫國璽 正白旗人進士雍正六年任七年調本省鹽驛道

劉藩長 山西洪洞人貢生雍正七年任九年丁憂尋陞福建按察使

倪象愷 四川榮縣人舉人雍正八年任十年解任

張嗣昌 山西浮山人貢生雍正十年任調補四川鹽驛道

尹士俍 山東濟寧州人監生雍正十三年任調補湖北鄖襄道

鄂善 滿洲正藍旗人監生乾隆四年任九年調補本省延建邵道

劉良璧 湖南衡陽人甲辰進士乾隆五年任

莊年 江南長洲人由監生保舉乾隆八年七月任

書成 滿洲鑲黃旗人監生乾隆十三年任十四年以憂去

金溶 順天大興人庚戌進士乾隆十五年三月任七月兼攝府篆

拕穆齊圖 蒙古鑲藍旗人乾隆十七年任始兼提督學政下並同

德文 滿洲正白旗人刑部筆帖式乾隆二十年十月任

楊景素 江蘇人監生乾隆二十三年四月任

覺羅四明 滿洲正藍旗人內閣中書乾隆二十六年四月任

余文儀 浙江諸暨人丁巳進士乾隆二十九年八月任十一月擢福建按察使

蔣允焄 貴州貴陽人丁巳進士乾隆二十九年十二月蒞任

臺灣府知府

蔣毓英 錦州人官生康熙二十三年任二十八年陞湖南按察使有傳

吳國柱 奉天人廕生康熙二十九年任秩滿陞江西贛南道

靳治揚　奉天人廕生康熙三十四年任陞廣東肇高廉羅道有傳

衛台揆　山西曲沃人廕生康熙四十一年任四十五年陞廣東鹽道有傳

周元文　正黃旗人監生康熙四十六年任五十一年陞湖廣辰沅靖道有傳

馮協一　江南人康熙五十二年任五十四年致仕

王　珍　山西長治人辛酉副榜康熙五十五年任六十年臺變被議

高　鐸　鑲黃旗漢軍監生康熙六十年任陞本省汀漳道

范廷謀　浙江鄞縣人監生雍正三年任調回京內用

孫　魯　河南祥符人監生雍正四年任

俞存仁　順天大興人歲貢雍正五年任

倪象愷　四川威遠人舉人雍正七年任八年陞本道

王士任　山東威海人癸卯進士九年任陞本省鹽道

尹士俍　山東濟寧人附監雍正十一年任十三年陞本道

徐治民　浙江山陰人歲貢雍正十三年任被議

劉良璧　湖廣衡陽人甲辰進士乾隆二年任五年陞本道

錢　洙　浙江嘉興人廕生乾隆五年任七年卒於官

范昌治　浙江鄞縣人監生乾隆七年任十年被議

褚　祿　江蘇青浦人癸丑進上乾隆十年四月任

方邦基　浙江仁和人庚戌進士由海防同知陞乾隆十二年任十四年護理巡道

陳玉友　順天文安人庚戌進士由淡水同知陞乾隆十六年二月任

王文昭　淳化人海防同知乾隆十七年署

曾曰瑛　江西南昌人乾隆十八年四月任

鍾　德　滿洲鑲白旗人廕生乾隆十九年三月任四月攝海防同知十一月御事廿年六月再攝同知

覺羅四明 滿洲正藍旗人內閣中書乾隆二十二年四月任

余文儀 浙江諸暨人丁巳進士乾隆二十五年五月任二十七年十二月擢海防同知

蔣允焄 貴州貴陽人丁巳進士乾隆二十八年八月任

臺灣海防同知

梁爾壽 鎮安人貢生康熙二十四年任二十九年陞兵部職方司員外

齊體物 正黃旗人進士康熙三十年任　龍光 望江人進士康熙三十六年任

趙純禧 奉天人監生康熙三十八年任　孫元衡 江南桐城人康熙四十年任有傳

洪一棟 湖廣應山人康熙四十八年任卒於官有傳

王禮 順天宛平人監生康熙五十八年任六十年臺變被議

孫魯 河南祥符人監生康熙六十年署

楊毓健 湖廣長陽人貢生康熙六十一年任雍正元年十二月離任

王作梅 河南河內人己丑進士雍正二年任以告終養離任有傳

劉浴 直隸棗強人監生雍正六年署

尹士俍 山東濟寧人附監雍正七年任十一年陞本府知府

李珍 山東諸城人貢生雍正十年任卒於官

徐林 浙江錢塘人貢生雍正十三年任　魏素 直隸蔚州人廩監乾隆二年任

郝霆 直隸霸州人甲辰進士乾隆五年任　方邦基 浙江仁和人庚戌進士乾隆七年十一月任

梁須梗 正白旗漢軍例監乾隆十一年任

張若霳 江南桐城人保舉漳州府同知乾隆十一年七月署

汪天來 江南碭山人澎湖通判乾隆十三年十一月署

俞唐 浙江仁和人監生乾隆十四年八月任十二月署淡水同知

魯鼎梅 江西新城人臺灣縣知縣乾隆十五年十二月蒞任十月卸事十七年四月再護任

陳玉友順天文安人臺灣府知府乾隆十六年十二月攝任

王文昭淳化人拔貢由莆田縣知縣陞乾隆十七年九月任

傅爾泰滿洲正白旗人監生乾隆十九年十一月任二十年七月攝彰化縣篆十一月回任二十一年四月攝臺灣縣篆

宋清源江南人監生乾隆二十三年四月任四月攝臺灣縣篆十一月卸事二十五年六月再攝縣篆

何愷廣東香山人貢生乾隆二十六年三月任二十七年十月攝臺灣縣篆卒於官

余文儀諸暨人臺灣府知府二十七年十二月攝任

徐德峻浙江蘭谿人丁巳進士乾隆二十八年月任

淡水海防同知

王汧山西鄉寧人貢生雍正二年任六年休致

劉浴直隸棗強人監生雍正七年任

張宏章江南丹徒人監生雍正九年任十年以大甲西番變解任

尹士俍山東濟寧人監生雍正十一年任

徐治民浙江山陰人歲貢雍正十一年任乾隆元年陞本府知府

趙奇芳廣東潮州人丁未進士乾隆元年任

戴大冕江南上元人監生乾隆三年任

莊年江南長洲人保舉乾隆六年十一月任七年陞建寧府知府

郝霔直隸霸州人甲辰進士倖滿臺防同知乾隆七年署

曾曰瑛江西南昌人監生乾隆十年任

陸廣霖江南武進人已未進士彰化縣知縣十三年署

陳玉友順天文安人庚戌進士乾隆十三年任有傳

俞唐浙江仁和人監生臺防同知乾隆十六年署

王鶚江蘇崑山人監生乾隆十六年任

劉辰駿江南武進人生員彰化縣知縣乾隆十九年署

王錫縉四川威遠人廩貢乾隆二十年任

楊愚山西興縣人己未進士乾隆二十三年任

夏　瑚　浙江仁和人監生臺灣縣知縣乾隆二十五年署

干從濂　江西星子人戊辰進士乾隆二十五年任

胡邦翰　浙江餘姚人壬申進士彰化縣知縣乾隆二十七年署

夏　瑚　浙江仁和人監生乾隆二十八年任

陶紹景　江蘇上元人戊午解元臺灣縣知縣乾隆二十九年署

澎湖通判

王　仁　順天大興人吏員雍正六年任九年離任

梁　樟　陝西咸寧人辛丑進士雍正九年任

周于仁　四川安岳人戊子舉人雍正十一年任

曹顯庚　浙江嘉興人監生雍正十三年任

胡　格　湖廣江夏人丁酉舉人乾隆三年署五年離任

王　鶚　江南崑山人監生乾隆五年十月任

陸　鶴　浙江海鹽人丁酉舉人乾隆八年六月任

汪天來　江南碭山人監生乾隆十年四月任

楊　琪　漢軍鑲藍旗人吏部筆帖式乾隆十三年十月任

何　器　豐城人監生由福寧府通判調乾隆十四年十二月任

王祖慶　江蘇華亭人監生乾隆十八年五月任

張　球　磁州人貢生乾隆二十年八月任

王　欐　睢州人監生乾隆二十三年任

張思振　齊東人監生乾隆二十七年任

臺灣府經歷

林起元　江南上元人

方逢月　浙江桐鄉人

王道宏　江南上元人

尹　復　浙江山陰人

孫　琰　順天宛平人

汪元任　湖廣京山人

張天銓　浙江山陰人

陶　宣　順天宛平人

王士勳　湖廣武陵人

左懋源　順天大興人吏員康熙六十年任

褚天緯江南吳江人吏員雍正七年任十年離任
郭士謙江南旌德人供事雍正十一年任　王嗣彥順天宛平人吏員雍正十三年任
朱士顯浙江蕭山人監生乾隆四年任七年離任
金文英直隸通州人吏員乾隆七年任　葛舜有順天大興人生員乾隆十一年任以憂去
王如璋江西廬陵人監生乾隆十五年任　郝敬脩山東高密人監生乾隆十六年六月任
包灦順天大興人吏員鹿仔港巡檢乾隆十六年二月署
曹煜江蘇人吏員新港巡檢乾隆十六年署
吳克成浙江山陰人律例館供事下淡水巡檢乾隆十九年二月署
沈鈺浙江仁和人宗人府供事乾隆十九年八月任
耳孔木浙江人律例館供事臺灣縣典史乾隆二十一年署
宓宏謨浙江慈谿人吏員乾隆二十年任　吳紘順天大興人臺灣縣典史乾隆二十年正月署
裘建功順天宛平人內閣供事乾隆二十六年三月任
孫玉書浙江蕭山人乾隆　年　月任

臺灣府儒學教授

林謙光長樂人　張士昊福州人
林慶旺晉江人　蔡登龍同安人舉人
林華昌晉江人舉人　施德馨南靖人舉人
曾輝纘福州人舉人　杜成錦候官人舉人
張應聘海澄人舉人　蔡時昇晉江人舉人
丁蓮晉江人癸巳進士　吳啓進南安人舉人
鄭拔進南安人甲辰進士　薛士中閩縣人甲辰進士雍正十年任十二年丁憂
吳開業海澄人甲辰進士雍正十二年任乾隆三

年陞徽州祁門縣知縣

郭　美　閩縣人癸卯進士乾隆三年任四年丁憂

薛士中　閩縣人甲辰進士乾隆五年再任

吳應造　福清人庚戌進士乾隆九年二月任

黃元寬　福清人解元進士由延平府學調乾隆十二年七月任

林元德　福清人丁巳進士由建寧府學調乾隆十五年十一月任十六年八月卒於官

謝家樹　歸化人己未進士由建寧府學調乾隆十七年三月任　年以憂去

唐　山　莆田人　進士由泉州府學調乾隆　年任二十二年卒於官

林清源　安溪人舉人乾隆二十二年七月署

鄭克容　永春州人本學訓導乾隆二十二年十一月署

王士鰲　惠安人己未進士乾隆二十三年四月任

謝家樹　前教授乾隆二十六年六月再任

官　偉　邵武建寧縣人戊午舉人乾隆二十九年十一月任

訓導

袁宏仁　建陽人廩貢雍正十二年任多置書籍存學宮乾隆三年陞山東鉅野縣丞

李瓊林　汀州人歲貢乾隆三年任五年以病告休

楊友竹　連江人廩貢乾隆五年任

李長芳　永安人廩貢乾隆九年四月任

蕭國琦　惠安人舉人由德化學調乾隆十二年八月任十五年六月卒於官

林起述　沙縣人廩貢由長泰學調乾隆十五年十月任

曾應選　惠安人貢生乾隆十九年三月任

鄭克容　永春人由平和學調乾隆廿二年八月任

王士鰲　惠安人本學教授乾隆二十五年七月攝

王之璣　永定人廩生乾隆二十五年十一月任

謝家樹　本學教授乾隆二十七年閏五月攝

陳鵬程　侯官人廩貢乾隆二十八年十月任

臺灣縣知縣

沈朝聘　奉天人康熙二十三年任以丁艱去有傳

蔣相 奉天人康熙二十五年任二十七年以清理旗員去

王兆陞 通州人舉人康熙二十七年任三十年陞兵部職方司主事

錢魏業 江南人康熙三十一年任三十二年以劾去

李中素 湖廣麻城人貢生康熙三十四年任卒於官有傳

盧承德 鑲黃旗人官生康熙三十六年任三十九年陞湖廣衡州府同知

陳璸 廣東海康人進士康熙四十一年任秩未滿欽取以吏部用有傳

王仕俊 鑲紅旗人監生康熙四十三年任卒於官有傳

張宏 江南上海人貢生康熙四十七年任五十二年陞西城兵馬司正指揮

俞兆岳 浙江海寧人貢生康熙五十三年任

徐琨 正黃旗人舉人雍正四年任

唐孝本 江南武進人舉人雍正七年任

路以周 山東招遠人辛卯舉人雍正十年任

朱岳楷 浙江上海人監生乾隆五年任卒於官

楊允璽 廣東大埔人甲辰舉人乾隆七年四月任

李閶權 山西安邑人貢生乾隆九年十二月任

張若霆 江南桐城人拔貢海防同知乾隆十二年十一月攝任

趙爌 江南上元人舉人乾隆十三年三月任十四年二月解任

蘇渭生 雲南新平人彰化知縣乾隆十四年二月署

吳觀域 浙江錢塘人進士康熙五十九年任六十年臺變被議

周鍾瑄 貴州貴筑人甲子舉人康熙六十一年任

張廷琰 江南桐城人貢生雍正五年任

冷岐暉 江南嘉定人舉人雍正八年任

林與泗 湖廣孝感人保舉雍正十二年任乾隆二年離任

馮紹立 四川宜賓人戊子舉人乾隆二年任三年離任

殷鳳梧 江南金山人生員乾隆三年任四年卒於官

袁本濂 直隸阜平人例監乾隆四年任以憂去

周緝敬新會人諸羅知縣隆十四年三月署

魯鼎梅江西新城人壬戌進士由德化縣調乾隆十四年八月任

劉辰駿江蘇人生員由侯官縣丞調乾隆十七年十月署

章士鳳江蘇人舉人乾隆十八年六月任　傅爾泰滿洲人海防同知乾隆二十一年四月攝

任　孟　侯山西人舉人乾隆二十二年二月任

宋清源江南人海防同知乾隆二十三年四月攝任十一月卸事二十五年六月再攝

夏　瑚浙江仁和人監生乾隆二十三年任二十五年六月護理淡水同知

陶紹景江蘇上元人戊午解元乾隆二十七年正月任

何　愷廣東人海防同知乾隆二十七年十月攝任

王瑛曾江南人鳳山知縣乾隆二十七年十二月署

徐德峻浙江人本府海防同知乾隆二十九年四月攝任

臺灣縣縣丞

趙行可陝西永昌衛人貢生康熙二十三年任二十七年陞四川成都縣知縣

陳　嘉浙江仁和人監生康熙二十八年任三十年以憂去

張元英奉天人康熙三十二年任陞山西蒲縣知縣

蔣以選浙江山陰人功貢康熙三十五年任陞江南宿遷縣知縣

章祖祺浙江山陰人功貢康熙三十九年任陞河南新鄭縣知縣

汪立忠江南歙縣人監生康熙四十四年任陞湖廣江陵縣知縣

張　琮雲南河陽人貢生康熙四十八年任陞湖廣黃梅縣知縣

陳亮采浙江海鹽人貢生康熙五十三年任五十六年陞四川慶符縣知縣

馮　廸江南宜興人貢生康熙五十六年任六十年臺變被議

吳睿英浙江山陰人監生康熙六十一年任　馬麟趾正紅旗人官生雍正二年任罷職去

徐濤 順天大興人附貢雍正八年任九年罷職去

葉文炳 浙江慈谿人監生雍正九年任　鄧梓森 浙江人監生雍正十三年任

潘毓賢 浙江山陰人吏員乾隆三年任　虞蔭南 浙江仁和人監生乾隆七年四月任

趙軾臨 浙江蕭山人監生乾隆十一年三月任

吳開福 江南全椒人監生乾隆十二年十二月任

相　時 浙江仁和人竹塹巡檢乾隆十五年署

胡　琦 浙江蕭山人猫霧捒巡檢乾隆十六年六月署

洪　冕 潮廣祁門人監生乾隆十七年三月任

章士鳳 江蘇人本縣知縣乾隆十八年七月攝任

韓佐唐 湖南人監生乾隆二十一年七月任　吳昌傳 直隸人拔貢乾隆二十五年五月任

袁建功 順天人本府經歷乾隆二十六年五月署二十七年二月卸事三月再任

楊耀曾 江蘇人監生乾隆二十七年二月任　嚴大為 江南滁州人生員乾隆二十九年　月任

臺灣縣典史

張元初 直隸涿州人吏員康熙二十三年任　高　烺 山東曹縣人吏員康熙二十八年任

劉皎祚 江南人吏員康熙三十二年任　婁克仁 浙江會稽人吏員康熙三十五年任

孫日昇 山東莒州人吏員康熙四十年任　李建貴 江南桐城人吏員康熙四十四年任

陳茂文 浙江餘杭人吏員康熙四十八年任　楊天錫 順天人吏員康熙五十二年任

周尚志 直隸天津人吏員康熙五十四年任　王定國 順天人吏員康熙五十八年任六十年臺變被議

徐履謙 順天大興人

徐　霖 浙江錢塘人　王咸英 浙江蕭山人吏員

李　俊 湖廣巴陵人吏員　唐裔鏡 浙江山陰人吏員

李道源 浙江會稽人吏員乾隆七年四月任　趙大有 順天大興人書吏乾隆十年八月任

范大章 順天大興人佳里興巡檢乾隆十一年十二月署

馮裕義 浙江慈谿人供事乾隆十二年八月任

曹煜 江蘇人新港巡檢乾隆十四年六月署

包融 大興人鹿仔港巡檢乾隆十五年八月署

邵肇仍 江蘇常熟人吏員乾隆十六年二月任

耳孔木 浙江人律例館供事乾隆十九年五月任

沈鈺 浙江人本府經歷乾隆二十一年四月署

吳鋐 順天人吏員乾隆二十二年四月任

汪明忺 江南旌德人吏員乾隆二十五年七月任

虞好善 順天大興人吏員乾隆二十八年月任

新港巡檢 乾隆二十六年裁

紀文遠 陝西涇陽人吏員康熙二十三年任二十七年陞河南府照磨

常文謨 山東鄒人吏員康熙二十八年任三十一年陞直隸東光縣主簿

孫禮棠 江南滁州人吏員康熙三十一年任

馮志超 江南長洲人吏員內閣供事康熙三十六年任

蔣復新 江南贛州人吏員康熙三十九年任

張知 江南休寧人監生康熙四十八年任五十二年陞河南裕州吏目

李唐宗 山西太平人吏員康熙五十二年任五十八年陞江西廣信府照磨

查克成 順天大興人吏員康熙五十九年任雍正三年陞江西袁州府照磨

張鼎 江西吳縣人監生雍正四年任五年以憂去

羅開勳 湖廣江夏人吏員雍正五年任八年離任

涂逢年 直隸平谷人吏員雍正八年任

張世榮 順天大興人吏員雍正十一年任乾隆元年離任

馮五美 浙江山陰人吏員乾隆五年任

徐夔 浙江仁和人內閣供事乾隆九年四月任

章射基浙江會稽人吏員乾隆十二年七月任

王如璋江西人本府經歷乾隆十三年閏七月攝任

曹　煜江蘇人吏員乾隆十四年五月任　殷世楫滿洲正白旗監生乾隆十八年十二月任

沈　鈺浙江仁和人本府經歷乾隆二十年三月攝任

吳克成浙江山陰人鳳山下淡水巡檢乾隆二十年八月署

張　焵順天人供事乾隆二十二年四月任　章　誠浙江人吏員乾隆二十五年十一月任二十六年移駐諸羅斗六門

澎湖巡檢雍正五年裁

姚法唐河南祥符人吏員康熙二十三年任卒於官

朱　縉浙江錢塘人吏員康熙二十七年任陞河南府照磨

胡廷鳳江南含山人吏員康熙三十二年任　林開彥直隸撫寧人吏員康熙三十五年任

李慧仁直隸安肅人吏員康熙四十一年任　耿　胡河南柘城人承差康熙四十五年任

陸　鑑順天人吏員康熙四十七年任陞雲南騰越州吏目

喬　傑順天人吏員康熙五十二年任　李振宗江南江都人吏員康熙五十八年任

朱唯彰順天宛平人供事雍正元年任三年以憂去

鄭奎聚直隸通州人吏員雍正四年任以劾去

臺灣縣儒學教諭

傅廷璋南安人舉人康熙二十六年任卒於官

林宸書莆田人歲貢康熙三十年任陞廣東歸善縣知縣

陳　銓漳州人歲貢康熙三十四年任三十七年陞河南嵩縣知縣

黃世傑龍溪人拔貢康熙三十九年任四十三年陞山西廣靈縣知縣

陸登選甌寧人舉人康熙四十三年任四十七年陞浙江分水縣知縣

康卓然龍溪人歲貢康熙四十八年任五十二年陞京衛武學教授

鄭長濟福清人歲貢康熙五十二年任五十六年陞四川興文縣知縣

魏　藻福清人舉人康熙五十七年任卒於官

吳應異侯官人舉人康熙五十八年任　葛　炊閩縣人附貢雍正元年任三年離任

張壽介南靖人乙酉副榜雍正三年任七年陞國子監學錄

洪淳英同安人甲午舉人雍正六年任十年陞江蘇宜興縣知縣

陳士恭漳州人辛卯舉人雍正十年任十三年陞廣東樂會縣知縣

陳霄九南靖人乙酉舉人雍正十三年任卒於官

徐宏祚將樂人戊子舉人乾隆三年任　李鐘德安溪人戊子舉人乾隆六年任

吳光祖福清人丙辰舉人乾隆九年九月任　朱昇元晉江人舉人乾隆十二年九月任

陳　藻莆田人舉人乾隆十六年十月任　官　偉建寧人舉人乾隆十九年二月任

李騰鎔永安人諸羅訓導乾隆二十一年四月署

林清元安溪人舉人乾隆二十一年十月任　何奏成漳浦人舉人乾隆二十五年二月任

張伯謨侯官人甲戌明通榜乾隆二十九年三月任

訓導

薛　雲甌寧人歲貢雍正十二年任　黃文璿侯官人歲貢乾隆三年任

吳　曇寧洋人歲貢乾隆七年任卒於官　伍兆崧寧化人優貢乾隆十年任卒於官

郭　安侯官人廩貢生乾隆十二年七月任　江　琯海澄人廩貢生乾隆十五年九月任

林起述沙縣人府學訓導乾隆十八年六月攝

方雲錦永春人貢生乾隆十九年閏四月任　黎學安寧化人廩貢生乾隆二十年六月任

李騰鎔永安人諸羅訓導乾隆二十一年四月任

蕭炳馨泰寧人拔貢乾隆廿三年十二月任　陳元恕永安人廩貢生乾隆二十七年八月任

鳳山縣知縣

楊芳聲 直隸萬全左衛人歲貢康熙二十三年任秩滿陞戸部江南司主事

閔達 江西南昌人己酉舉人康熙二十九年任秩滿陞行人司行人

朱繡 陝西鳳翔人己丑進士康熙三十四年任以憂去

劉國軒 奉天正紅旗人歲貢康熙三十八年任秩滿陞湖廣知府

宋永清 奉天正紅旗人原籍山東萊陽監生康熙四十三年任秩滿陞直隸延慶府知府

蔣惟豫 奉天鑲藍旗人貢生康熙五十一年任秩滿陞廈門海防同知

李丕煜 直隸灤州人歲貢康熙五十六年任

靳樹畹 奉天鑲黃旗人己酉副榜康熙六十一年任卒於官

蕭震 湖廣潛江人丙戌進士雍正元年任

熊琴 四川安縣人戊子舉人雍正四年任

錢洙 浙江嘉善人廕生雍正七年任

林鵬飛 廣東潮陽人庚戌進士雍正十三年任

方邦基 浙江仁和人庚戌進士雍正十三年任秩滿以憂去

程芳 江南休寧人貢生乾隆三年任

鄒承垣 江南無錫人癸丑進士乾隆六年十月任

呂鍾琇 廣東饒平人丙午舉人乾隆九年十一月任大計卓異進京引見十二年十月回任

趙軾臨 浙江蕭山人監生乾隆十一年七月署

曾光鼎 浙江會稽人監生本縣丞乾隆十二年七月署十月卸事十三年閏七月再署

王如璋 江西廬陵人本府經歷乾隆十三年六月署

陳志泰 江南甘泉人舉人乾隆十四年月任

吳開福 全椒人臺灣縣丞乾隆十六年六月署

吳士元 河南光州人舉人乾隆十七年三月任

稽璇 江南人諸羅縣丞乾隆十九年五月署

丁居信 江南儀徵人庶吉士散館乾隆二十年九月任

秦其熀 廣西臨桂人舉人乾隆二十三年十二月任

張天德 貴筑人拔貢諸羅縣丞乾隆二十四年十一月署

王瑛曾 江蘇無錫人舉人乾隆二十五年八月任

譚　垣 江西龍南人戊辰進士乾隆二十九年四月任

鳳山縣縣丞

葉維榮 河南商邱人監生雍正十年任

劉長善 陝西華州人生員乾隆元年任

李國桐 廣東揭陽人貢生乾隆四年任

凃　坤 江西靖安人監生乾隆七年十二月任

曾光鼎 浙江會稽人監生乾隆十一年三月任

吳開福 江南全椒人監生乾隆十三年二月任

裴　鑲 湖廣武陵人副榜乾隆十四年六月任

王如璋 江西人本府經歷乾隆十六年四月任

徐　夔 浙江仁和人內閣供事乾隆十七年九月署

郝敬脩 山東高密人監生乾隆十七年十月署

馮鴻業 山西代州人監生乾隆十八年正月任

徐　霖 浙江錢塘人本縣典史乾隆十九年閏四月陞署

沈　鈺 浙江仁和人宗人府供事乾隆二十年十二月任二十一年正月兼攝下淡水巡檢篆

顏崇仁 永淳人監生乾隆二十一年七月任

顧南金 江南華亭人監生乾隆廿四年十一月任

朱　顏 金匱人鹿仔港巡檢乾隆二十七年九月護任

杜炳星 浙江青田人乙卯拔貢乾隆二十八年三月任

鳳山縣典史

王　輅 直隸北山人吏員康熙二十三年任秩滿陞湖廣漢中府照磨

劉麟趾 山東濟寧人吏員康熙二十九年任秩滿陞湖廣潛江縣主簿

戚嘉燦 直隸通州人吏員康熙三十三年任

魯論 直隸房山人吏員康熙三十七年任秩滿

陞江西贛州府照磨

章壽昌 直隸涿州人吏員康熙四十二年任秩滿

陞刑部司獄

閻瓚 山西寧鄉人吏員康熙四十五年任卒于

官

葉廷獻 直隸大城人吏員康熙四十五年任

侯天福 河南密縣人康熙五十二年任

周起渭 直隸通州人吏員康熙五十六年任

葉紹文 順天大興人吏員康熙六十一年任罷職去

張九鸮 直隸三河人捐納雍正元年任

馮五美 順天竹浙江山陰人吏員雍正七年任秩

滿陞本省晉江縣錐陽司巡檢

張玉生 山東齊東人吏員雍正十年任秩滿陞本

省同安縣灌口司巡檢

沈大榮 直隸安肅人吏員乾隆元年任秩滿陞廣

東嘉應州豐順司巡檢

柴續祖 山西聞喜人吏員乾隆五年任

孫之霞 浙江仁和人捐納乾隆八年七月任

劉鎮遠 四川華陽人捐納乾隆十一年九月任

章朝基 浙江會稽人捐納乾隆十三年七月任

徐霖 浙江錢塘人禮部儒士乾隆十五年四月任本年七月署縣丞篆

王萬成 湖南善化人吏員乾隆十八年十二月任

伍又陶 浙江山陰人禮部儒士乾隆二十二年六月任二十三年署下淡水巡檢篆

蔡逢恩 浙江仁和人監生乾隆二十五年十二月任

韓珙 靈州人捐納乾隆二十六年十二月任

茹藥山 浙江會稽人吏員乾隆二十八年　月任

下淡水巡檢

袁玫 直隸右衛人吏員康熙二十三年任病卒

謝寧 浙江會稽人康熙二十五年任病卒

樓鴻基 浙江義烏人吏員康熙二十七年任病卒

高崇游 江南山陽人吏員康熙三十三年任病卒

沈翔昇　直隸頴右衛人吏員康熙三十三年任以老去

孫朝聘　直隸香河人吏員康熙三十八年任病卒

郭培桂　直隸金鄉人吏員康熙三十九年任病卒

徐志弼　山東登州人吏員康熙四十一年任病卒

趙文秀　直隸保定人吏員康熙四十二年任病卒

馮　吉　直隸大名人吏員康熙四十六年任以憂去

趙元凱　直隸安肅人吏員康熙五十年任秩滿陞河南府照磨

王國興　順天大興人吏員康熙五十五年任六十年臺變被議

魏如玉　直隸玉田人吏員康熙六十年任陞江西南安府照磨

錢中選　直隸順義人吏員雍正四年任六年以病告休

戴　興　山東長清人吏員雍正七年任卒於官

秦　輝　浙江會稽人書吏雍正八年任

桑元杰　浙江餘姚人吏員雍正十一年任陞山東高唐州吏目

張爾信　貴州石阡人捐納乾隆三年任

李宗芳　廣東嘉應州人吏員乾隆六年任

朱　昺　順天大興人典吏乾隆九年任

鮑一元　順天大興人供事乾隆十二年十二月任

吳開福　全椒人臺灣縣丞乾隆十四年二月任

劉　淑　江南甘泉人供事乾隆十六年五月任

吳克成　浙江山陰人律例館供事乾隆十九年十月任

朱國相　浙江嘉興人吏員乾隆二十三年六月任

韓佐唐　湖廣湘潭人監生乾隆二十四年十一月任

陳天倫　順天大興人捐納乾隆二十五年五月任二十八年七月攝本縣典史事

冀　騏　順天大興人吏員乾隆二十八年　月任

鳳山縣儒學教諭

黃賜英 晉江人，癸卯舉人，康熙廿六年任，秩滿陞直隸樂平縣知縣

黃式度 晉江人，庚申舉人，康熙三十年任，秩滿陞山西臨縣知縣

丁必捷 平和人，歲貢，康熙三十五年任，以憂去

鄭占春 福清人，歲貢，康熙三十七年任，秩滿陞山東棲霞縣知縣

吳周禎 晉江人，歲貢，康熙四十二年任，秩滿陞京衛武學教授

施士嶽 晉江人，歲貢，康熙四十七年任，秩滿陞四川遂寧縣知縣

郭　濤 福清人，歲貢，康熙五十一年任，秩滿陞直隸永年縣知縣

富鵬業 晉江人，乙酉舉人，康熙五十六年任

朱竟成 永安人，戊子副榜，康熙六十年任，直隸成安縣知縣

林正泰 侯官人，戊子舉人，雍正四年任，五年卒

郭際謨 晉江人，辛卯舉人，雍正七年任，秩滿陞山西天鎮縣知縣

張應渭 閩縣人，庚子舉人，雍正十年任，秩滿陞山西武鄉縣知縣

徐文炳 建陽人，恩貢，雍正十三年任，秩滿陞河南澠池縣知縣

周　元 長樂人，拔貢，乾隆三年任

何奕奇 福清人，辛卯舉人，乾隆六年任

莊　元 龍溪人，壬子舉人，乾隆十年三月任

官翰琦 安溪人，辛酉舉人，乾隆十二年二月任

朱　澐 南平人，本學訓導，乾隆十三年十二月署

張有泌 晉江人，壬子舉人，乾隆十四年五月任

范　蘋 長汀人，辛酉舉人，乾隆十八年正月任，四月攝本學訓導事

李鍾問 安溪人，丙辰舉人，乾隆二十一年五月任

謝際泰 閩縣人，甲子舉人，乾隆二十四年十一月任

陳明觀 同安人，辛酉舉人，乾隆二十六年三月任

朱仕玠 邵武建寧人，拔貢，乾隆二十八年六月任，二十九年八月丁內艱

陳先聲平和人癸酉舉人乾隆三十年三月任

訓導

江永鑑侯官人貢生雍正十二年任秩滿陞浙江東陽縣縣丞

曾景洙閩縣人歲貢乾隆二年任　王世茂晉江人歲貢乾隆六年任

吳昇寧洋人廩生乾隆九年五月任　朱澐南平人優貢乾隆十二年二月任

陳日來泰寧人廩貢乾隆十五年八月任　李騰瑢永安人廩貢乾隆十九年三月任

劉自成建陽人廩貢乾隆十九年十二月任　黃繼伯南安人廩貢乾隆二十二年二月任

林紹裕永福人拔貢乾隆二十五年七月任九月署本縣學教諭事

祖謙光浦城人歲貢乾隆二十八年十月任

諸羅縣知縣

季麒光江南無錫人丙辰進士康熙二十三年任二十四年以憂去有傳

樊維屏山西蒲州人歲貢康熙二十五年任二十七年被劾

朱道中江南休寧人例監康熙二十八年任卒於官

張尹山西崞縣人歲貢康熙二十九年任陞河南彰德府同知有傳

董之弼奉天人監生康熙三十四年任　毛鳳綸奉天人監生康熙三十九年任四十三年陞江西吉安府同知

毛殿颺廣東博羅人甲戌進士康熙四十四年任卒於官

李鏞正黃旗人監生康熙四十五年任

劉作楫江西廬陵人庚辰進士康熙四十八年任

劉宗樞正白旗人監生康熙五十一年任以憂去

周鍾瑄貴州貴筑人丙子舉人康熙五十三年任

朱夔鑲白旗人監生康熙十八年任六十年臺變議

孫魯河南陽武人監生康熙六十年任雍正四年陞府

劉良璧 湖廣衡陽人甲辰進士雍正五年任八年調補龍溪縣

馮盡善 陝西隴西人舉人雍正七年任　姚孔鍼 江南桐城人附貢雍正十年任

陸鶴 浙江海鹽人丁酉舉人雍正十一年任以憂去

戴大晃 江南上元人監生乾隆元年任三年陞淡水同知

何衢 四川廣元人庚子舉人乾隆四年任　嚴㻱 浙江烏程人庚戌進士乾隆六年任

林棻 廣西永福人丁酉舉人乾隆十年四月任罷職去

周緝敬 廣東新會人已酉舉人乾隆十年十二月任

周芬斗 江南桐城人乙卯舉人乾隆十四年三月任

徐德峻 浙江蘭谿人丁巳進士乾隆十六年十月任

辛竟可 直隸元城人壬子舉人乾隆二十年五月任

李倓 山東聊城人辛未進士乾隆二十二年七月任

衛克埥 山西鳳臺人壬申舉人甲戌明通榜乾隆二十六年三月任

張所受 廣東嘉應州人附貢乾隆二十九年五月任

諸羅縣縣丞

胡光祖 山西洪洞人監生雍正十年任　周大福 順天大興人監生雍正十三年任

劉洵 陝西高陵人生員乾隆三年任　姚國興 奉天正藍旗人副榜乾隆七年任

賈賜桓 陝西洛川人附生乾隆十年三月任　程述祖 江南上元人監生乾隆十三年七月任

沈光郁 浙江臨海人附生乾隆十七年二月任

嵇璇 江蘇長洲人監生乾隆十八年八月任

張天德 貴州貴筑人拔貢乾隆二十一年十月任

姚杰人 廣東平遠人監生乾隆二十五年四月任

韓衍櫆 山西汾陽人監生乾隆二十七年五月任

諸羅縣典史

楊輔業 陝西富平人吏員康熙二十三年任二十七年陞江南和州吏目
朱應龍 直隸新樂人吏員康熙廿八年任三十一年陞刑部司獄
嚴時泰 浙江錢塘人吏員康熙三十二年任　蔣復新 江南潁州人吏員康熙三十六年任
楊永祚 陝西華州人吏員康熙四十年任　田詔尹 陝西人康熙四十二年任陞廣東五斗口

巡檢

何棟 直隸安州人吏員康熙四十七年任
楊雲龍 順天大興人吏員康熙五十三年任五十六年陞江南靖海馬駄巡檢
張青遠 順天宛平人　趙大章 順天大興人吏員康熙六十一年任
方文煥 直隸武清人吏員雍正八年任　屠玢 直隸通州人攢典雍正十一年任
陳上達 順天宛平人內閣供事乾隆三年任　倪景濟 浙江會稽人吏員乾隆七年二月任
李鳳鳴 江南長洲人捐納乾隆十年七月任　葉啓昆 順天大興人乾隆十三年八月任

金允謙 漢軍鑲白旗人監生乾隆十四年八月任
顧飛 直隸天津人附生乾隆十八年三月任
沈尚驥 浙江會稽人吏員乾隆二十年正月任
方斌 順天大興人吏員乾隆二十三年七月任
周兆新 順天薊州人吏員乾隆二十六年八月任

佳里興巡檢

孫寅 山東禹城人吏員康熙二十三年任二十七年陞山西潞安府照磨
周彥 浙江錢塘人吏員康熙二十八年任三十二年陞湖廣安陸府照磨
陳治國 河南禹州人吏員康熙三十二年任　鄭惟哲 直隸鹽山人吏員康熙三十七年任
張宏宗 浙江會稽人吏員康熙四十一年任陞江南松江府照磨
馬起義 直隸人吏員康熙四十八年任　劉廷元 陝西蘭州衛人吏員康熙五十一年任

陳祈楨 順天大興人內閣供事康熙五十五年任

翁起貴 保定左所人吏員康熙六十年任　吳憲 浙江錢塘人吏員雍正四年任七年離任

錢得位 浙江山陰人典吏雍正七年任十年離任

馬良煥 山東蓬萊人典吏雍正十年任　朱衣客 順天大興人吏員乾隆元年任

王尚速 順天大興人吏員乾隆三年任　鮑一元 順天大興人吏員乾隆五年十一月任

范大章 順天大興人吏員乾隆八年十月任　胡安邦 江西廬陵人吏員乾隆十二年十二月任

王兆槐 直隸天津人供事乾隆十六年五月任

劉世清 河南武陟人吏員乾隆二十年六月任

胡振紀 順天大興人監生乾隆二十三年十月任

尹朝俊 江西永新人監生乾隆二十六年十二月任

斗六門巡檢 乾隆二十六年新設

章誠 浙江會稽人吏員乾隆二十六年九月任

徐坦 安徽天長人捐納乾隆二十八年九月任

諸羅縣儒學教諭

陳志友 長樂人歲貢康熙二十六年任秩滿陞雲南蒙自縣知縣

謝汝霖 長樂人巳酉舉人康熙三十年任陞陝西延川縣知縣

林[illegible] 莆田人壬子拔貢康熙三十四年任　施士嶽 晉江人歲貢康熙三十九年任以憂去

丁必捷 平和人歲貢康熙四十一年任陞國子監學錄

孫襄 晉江人歲貢康熙四十五年任卒于官

陳聲 長泰人丁卯舉人康熙四十九年任陞廣東平和縣知縣

陳文海 永安人歲貢康熙五十三年任　施松齡 古田人壬午舉人卒於官

蔡芳 晉江人巳卯舉人康熙六十年任雍正二年陞陝西清澗縣知縣

黃　獻　侯官人戊子舉人雍正三年任七年陞江南婁縣知縣

李倪昱　晉江人庚子舉人雍正七年任十年陞浙江上海縣知縣

李元善　安溪人辛卯舉人雍正十年任秩滿陞四川德陽縣知縣

藍國佐　漳浦人辛卯舉人雍正十三年任乾隆三年陞山東禹城縣知縣

陳振甲　浦城人癸卯拔貢教習乾隆三年任　陳光緒　泰寧人庚子舉人乾隆六年任卒於官

林　達　福清人乙卯舉人乾隆九年九月任　李廷瑞　永安人歲貢乾隆十二年九月任

李　經　晉江人辛酉舉人乾隆十五年十月任

劉　坦　建陽人戊午舉人乾隆十九年十一月任

李清標　安溪人甲子舉人乾隆二十三年六月任

盧觀源　永安人壬申舉人甲戌明通榜乾隆二十六年十一月任

訓導

江　譽　漳浦人歲貢雍正十二年任本姓林　李時昇　莆田人歲貢乾隆元年任卒於官

李嘉仕　建陽人歲貢乾隆二年任　鍾紫幃　武平人歲貢乾隆五年任

陳　澠　閩縣人廩生乾隆九年三月任　陳治泓　寧化人優貢乾隆十二年四月任

蕭廷謨　建陽人廩貢乾隆十五年五月任　李騰璐　永安人廩貢乾隆十九年十一月任

傅其英　安溪人拔貢乾隆二十三年四月任　蔡光傑　海澄人廩貢乾隆二十六年九月任

彰化縣知縣

談經正　湖廣遠安人庚午舉人雍正二年任三年離任

張　縞　正黃旗人廕生雍正四年任六年離任

湯啓聲　江南江都人丙子舉人雍正六年任七年離任

張與朱　山東高唐人癸巳舉人雍正七年任八年離任

路以周　山東招遠人辛卯舉人雍正八年任　張宏章　江南丹徒人監生雍正九年攝縣事

陳同善 陝西三原人丁酉舉人雍正九年任秩滿陞福寧府通判

秦士望 江南宿州人己酉拔貢雍正十二年任

劉　靖 河南許州人庚子副榜乾隆二年任

許廷璠 廣西桂林人辛卯舉人乾隆五年任

費應豫 湖廣巴陵人己酉選拔教習乾隆六年任

陸廣霖 江南武進人己未進士乾隆九年四月任

曾日瑛 淡水同知乾隆十年三月攝縣篆十一年六月陸廣霖回任卸事

蘇渭生 雲南新平人癸卯舉人乾隆十三年二月任

程述祖 諸羅縣丞乾隆十六年閏五月署縣事本年八月離任

程運青 江蘇華亭人丙午舉人乾隆十六年八月任

吳開福 江南全椒人臺灣縣丞乾隆十七年八月署縣事十八年五月離任

王　鶚 淡水同知乾隆十八年五月攝縣篆本年七月離任

劉辰駿 江蘇武進人保舉乾隆十八年七月任

吳士元 鳳山知縣乾隆十九年六月署縣事本年七月劉辰駿回任卸事

傅爾泰 淡水同知乾隆二十年七月攝縣篆本年十一月離任

朱　山 浙江歸安人辛未進士乾隆二十年十一月任

韓佐唐 臺灣縣丞乾隆二十二年三月署縣事本月即離任

王錫縉 淡水同知乾隆二十二年三月攝縣篆本年七月離任

張天德 諸羅縣丞乾隆二十二年署縣事二十三年三月離任

張世珍 陝西臨潼人壬戌進士乾隆二十三年三月任

胡邦翰 浙江餘姚人壬申進士乾隆二十六年六月任

彰化縣縣丞 乾隆二十四年新設劄駐貓羅保南投社

張成器 江蘇丹徒人生員捐納乾隆二十四年十二月任

張克明　浙江山陰人監生捐納乾隆二十八年六月任

彰化縣典史

李成林　順天大興人宗人府供事雍正二年任八年離任

王起龍　順天宛平人工部書吏雍正八年任

邢繼周　河南淇縣人吏員雍正十一年任

張維周　順天大興人吏員乾隆二年任

唐雲漢　浙江山陰人捐納乾隆五年任

王兆基　順天大興人刑部書吏乾隆九年三月任

朱江　浙江山陰人生員乾隆十一年六月任

陳于京　順天大興人戶部吏員乾隆十六年四月任

李令名　江南宣城人供事乾隆十九年八月任

張峻業　江蘇武進人內閣供事乾隆二十二年十二月任

仇作霖　順天大興人捐納乾隆二十六年四月任

鹿子港巡檢

王洪仁　直隸滄州人內務府供事雍正十年任

沈釗　直隸東安人吏員乾隆元年任

魯宏經　順天宛平人吏員乾隆五年任

沈隹瑞　浙江餘姚人內閣供事乾隆八年七月任

包瀜　順天大興人兵部效力乾隆十二年正月任

張振勳　正白旗人吏員乾隆十五年六月任

曾瀚　湖南武崗州人吏員乾隆十九年正月任

張企文　四川合州人吏員乾隆廿年六月任

陳登象　湖北通城人捐納乾隆廿一年十一月任

朱顏　江蘇金匱人吏員乾隆二十五年六月任

杜瀚　江蘇金匱人監生捐納乾隆二十八年八月任

猫霧捒巡檢

亢國榮　順天大興人吏員雍正十年任

吳文龍　湖廣麻城人吏員雍正十三年任

吳宜厚山西人吏員乾隆三年任　耿允謙山西絳州人翰林院供事乾隆五年任

陳晉琇山西絳州人翰林院供事乾隆八年十一月任

胡琦浙江蕭山人會典館供事乾隆十二年七月任

門虞廷浙江山陰人吏員乾隆十五年十月任

沈明禹江南石埭人吏員乾隆十九年五月任二十一年卒於官

何騰彪浙江山陰人吏員乾隆二十二年五月任二十三年卒於官

戴宏度江南句容人捐納乾隆二十四年六月任

程鎧順天宛平人吏員乾隆二十七年閏五月任

竹塹巡檢

董正學順天大興人內閣供事雍正十年任　王必棠順天大興人吏員乾隆元年任

胡卓順天宛平人吏員乾隆二年任　徐烜浙江分水人監生乾隆八年任卒於官

章日照順天大興人吏員乾隆七年十二月任

孫維德江蘇上海人律呂館供事議敘乾隆二十一年任

盧廷梁浙江海寧人吏員乾隆二十四年任

胡炯浙江山陰人監生乾隆二十七年任

虞好善順天大興人吏員臺灣縣典史乾隆二十九年任

八里坌巡檢

魯浩順天宛平人吏員雍正十年任　張錦順天大興人吏員乾隆元年任

潘紹顯順天大興人吏員乾隆元年任　杭可畏順天大興人吏員乾隆五年任

虞文桂奉天承德人吏員乾隆九年任　段續綸直隸大興人鴻臚寺書吏乾隆十五年任

包瀜直隸大興人兵部効力乾隆十六年署

呂學謙江西樂平人吏員乾隆十六年署　段續綸直隸大興人鴻臚寺書吏乾隆十七年回

任　盧士吉　浙江仁和人吏員乾隆十八年任

殷世楫　正白旗漢軍監生乾隆二十年署　盧士吉　乾隆二十年回任

趙榮壽　直隸大興人吏員乾隆二十一年任　韓佐唐　湖南湘潭人監生臺灣縣丞乾隆二十三年署　趙榮壽　乾隆二十四年回任

高遐齡　江南元和人吏員乾隆二十五年任　金璧熒　四川遂寧人吏員乾隆二十八年任

胡炯　浙江山陰人監生竹塹巡檢乾隆二十八年署

虞好善　順天大興人吏員乾隆二十九年署　金璧熒　乾隆二十九年回任

彰化縣儒學教諭

陳霞翥　福清人戊子舉人雍正三年任七年陞山東臨淄縣知縣

陳芳濂　寧德人辛卯舉人雍正七年任九年陞山東朝城縣知縣

林炯　莆田人癸巳舉人雍正十年任　薩學天　侯官人辛卯舉人雍正十三年任

鄒熊　清流人癸卯舉人乾隆三年任　范正國　上杭人庚子舉人乾隆六年任

藍孫璿　古田人己酉舉人乾隆八年三月任　董天工　崇安人癸卯拔貢乾隆十一年六月任

李球　寧化人戊午舉人乾隆十五年四月任

洪大鵬　惠安人丙辰副榜乾隆十八年十一月任

鄭兆亨　閩縣人辛酉舉人乾隆二十二年四月任

黎學安　寧化人廩生乾隆二十三年由臺灣縣學訓導調署

蕭際恩　惠安人甲子舉人乾隆二十三年九月任

孫讓　連江人甲子舉人乾隆二十七年三月任

訓導

陳梯　建寧人廩貢雍正十年任　康岳　龍溪人廩貢乾隆元年任

胡檀生　永定人廩貢乾隆六年任　朱韶武　順昌人貢生乾隆十年二月任

陳大典閩縣人廩貢乾隆十四年五月任　鍾靈毓武平人廩貢乾隆十七年十一月任

陳鵬程侯官人廩貢乾隆二十一年三月任二十二年四月以內艱去

脩史武平人廩貢乾隆二十三年二月任十一月以內艱去

林虎榜漳浦人拔貢生乾隆二十四年閏六月任

列傳

姚啓聖號憂菴浙江紹興人康熙癸卯以漢軍籍登鄉薦第一初任香山知縣以詿誤去甲寅耿逆作亂　朝廷知其有幹濟才起為台州郡佐尋擢溫處道十五年隨和碩康親王入閩為福建布政使時海氛未靖啓聖每自備衣糧募壯勇有澄清海外之志嘗曰　國家聲教無外今逆藩雖已削平而以臺灣一彈丸壓　宵旰憂

使沿海居民不遑寧處罪將誰歸會總督郎廷相罷去以啓聖代之於是得為所欲為而平臺之計決矣十八年移駐漳州漳與臺邇間諜可施乃大開招來館使隨征叅議道黃性震董其事賊降者無真偽皆納之高宴華軒焜煌於道令福州同知蘇良嗣督造戰船委隨征同知林昇督糧運既數月賊稍有降者即厚賜與寵以禮貌使聞者心動先是偽將軍朱天貴來歸啓聖知其勇且熟海道諳賊形勢特疏請朱天貴叅軍事至則引入帳中相與臥起器用供帳侈於自奉天貴感激竭誠致命得其死力遂增置火炮軍器買上游米石以圖大舉會蘇良嗣戰船亦報竣乃夜馳三百里至閩安鎮之

五虎門親自配舟調遣精鍊水師隨又赴漳使興化知
府下丞與泉州知府張仲舉往說賊降而偽行人傅為
霖雖約為內應實心持兩端及為霖見殺乃作急遽狀
從數騎招搖城市見大屋輒為之榜其門曰某鎮公館
某將軍行臺各盛陳供具得賊偵則佯曰若非某將軍
人乎歸語而主某日之期不可爽予酒食遣之歸得他
偵亦如之海上喧傳自相猜忌繼踵納款鄭氏心腹皆
人人自危矣十九年二月癸未乘賊懈遣兵攻破陳洲
馬洲觀音山石碼等十九寨甲申復遣隨征遊擊張定
國都司張璽等引兵直抵海澄城下招偽總兵蘇侃為
內應攻拔之降其衆二千二百六十七人遂復海澄是

夜遣隨征知縣黃金從等乘潮分渡直入海門等處降
其偽統領鄭元堂偽都督黃瑞偽將軍陳珍偽總兵張
雄偽將軍張治等水陸兵一萬二千八百八十一人丁
亥遂復金門廈門賊勢窮蹙退保澎湖二十年啟聖自
以北人乘舟終非素習軍中不可無帥具疏上請
天子以內大臣伯施琅為水師提督既至與之籌兵料敵
經畫方畧於二十二年六月乙酉從平海進兵癸巳克
澎湖七月丙申鄭克塽率衆歸誠海外悉平啟聖制閩
數載前後議勦臺灣獨握勝算一切文移條教悉出己
手雖溽暑盛寒不倦每有議論指授英氣激發義形於
色遇有功將弁及降將皆開誠獎勵捐金宴犒無少恡

惜推功讓能勞謙不伐其定謀推轂亦一時之能臣也
陳璸號眉川海康人康熙甲戌進士初爲古田令調知臺
灣縣壽操絶俗慈惠利民暇卽引諸生考課以立品敦
倫爲先夜躬自巡行詢父老疾苦問讀書紡績則重予
獎賞有羣飲高歌者嚴戒諭之念商艘水丁重困窮黎
詳請豁免歲祲設法賑貸發倉平糶旱則日食脫粟飯
去蓋步禱甘霖立至會水漲潰隄勢逼倉厫躬自負土
石士民無不爭先趨役尋行取銓曹後由四川督學調
臺廈道兼理學政民聞其再至也扶老攜幼懽呼載道
如望歲焉璸鎮以廉靜兩科歲試士矢公矢慎作育人
材士風丕振凡官莊歲入悉以歸公秋毫不染始建

萬壽宮中殿奉 龍亭以肅朝賀捐貲脩郡邑 文廟
大成殿櫺星門泮池建 啟聖祠明倫堂朱子祠文昌
閣規制宏敞設立十六齋教士子置學田以資師生膏
火諸凡創建親董其事終日不倦廉明正直茹水潔清
善政善教見諸實行旋擢湖廣偏沅巡撫調撫本省一
老蒼頭襆被自隨單騎之任一切章奏檄移盡出己手
起居止一廳事昧爽治政夜分乃罷草具蔬糲日啖老
薑少許五十六年奉 命巡海自賚行糧屏絶供億凡
所經營學宮祠廟及橋梁道路壩閘之類次第畢舉以
勞卒於官當屬纊一綈袍覆以布衾而已屬員入視莫
不感涕民有相向哭於途者 特賜帑金歸葬贈禮部

尚書諡清端至今邑治左有去思碑顏曰尚書亭誕日
臺人猶張燈鼓樂以祝爲海疆治行第一崇祀名宦又
塑像於文昌閣以志不朽
蔣毓英字集公奉天錦州人由官生知泉州府康熙二十
二年臺灣歸命督撫會疏交薦調臺灣始至見井里蕭
條哀鴻未復躬歷郊原披荊斬棘經界三縣封域相土
定賦罷不急之役安撫土番招集流亡諮詢疾苦進父
老子弟教以孝弟之義振興文教捐俸創立義學延師
課督任滿遷潮廣鹽驛道士民重繭詣大中丞告留會
江右觀察使缺
特降旨調補百姓立碑紀績於所建書院塑像祀之

沈朝聘遼東人初任晉江縣遷四川茂州知州康熙二十
三年以才能移知臺灣縣爲人方平廉介不可干以私
初抵任不費民間供應催科撫字調劑得宜治姦吏蠧
民法不少貸以憂去民醵金資其行立碑志遺愛焉
季麒光無錫人康熙丙辰進士二十三年知諸羅縣事時
縣治初設人未向學麒光至首課儒童拔尤者而禮之
親爲辨難士被其容光者如坐春風博涉羣書爲詩文
清麗整贍工臨池在任踰年首創臺灣郡志綜其山川
風物戸口土田阨塞未及終編以憂去三十五年副使
高拱乾因其藁纂成之
張尹山西崞縣人歲貢生康熙二十九年知諸羅縣事性

恬淡寡言笑嘗知漳浦去之日士民抱馬足不得行及再知諸羅見邑治新建多曠土招徠墾闢撫綏有方流民歸者如市三十一年蝗蝻日巡行阡陌間憂形於色竭誠祭禳雖災不爲害涖諸四年未嘗輕笞一人慢辱一士其在位也無赫赫名去後嘗令人思遷河南彰德郡丞邑人肖其像於郡治竹溪寺

靳治揚鑲黃旗人由筆帖式歷漳州知府康熙三十四年知臺灣府抵任蕩滌草竊招撫土番捐貲脩　文廟詳免傾陷田課尤雅意作人番童有未知禮義者立社學延師教之臺人請祀名宦

李中素字鵠山楚黃之西陵人以湘鄉教諭卓異擢知閩

縣催科不擾治行著聞膺薦調臺灣善聽斷遇有寃獄必竭力申救頑梗不馴者繩以法不少貸嘗攝郡學篆教諸生諄諄以孝弟爲先長於詩歌旁及書畫自成一家以勤職卒於官臺人思之

衛台揆號南村山西曲沃人由廕生知漳州康熙四十年以廉能調知臺灣府每月延諸生分席講藝親定甲乙建義學置田三十七甲以資膏火多士奮興四十四年歲饑詳請蠲免本年租課性廉靜不事煩苛三年之內民安衽席秩滿陞廣東鹽法道以病乞歸

王敏政字九經正黃旗人由監察御史外轉興泉道康熙四十三年移節臺灣仁厚不苛事悉就理尤加惠番民

凡通事社商有朘削者嚴禁之番車之有濫派者懲創之遇歲荒歉申請賑恤民賴生全秩滿陞廣東雷瓊道尋以病卒民建祠祀之

孫元衡字湘南江南桐城人由貢生知四川漢州知州康熙四十二年遷臺灣府同知性溫厚於物無忤而秉志剛正不屈權勢諸不便民者悉除之會歲旱令商船悉運米多者重其賞否則有罰於是南北艘雲集臺人得飽而歌數攝諸縣篆署府符所在有善政秩滿遷東昌知府在臺灣所作詩有赤嵌集深爲王新城所賞

王仕俊鑲紅旗監生康熙四十三年知臺灣縣事前任陳清端公倡脩 文廟甫興工被 命內召仕俊一至即

捐俸踵成之復建立義學延師課士至聽斷精明每多平反有吳姓者仇家誣以命案仕俊訊多疑竇反覆詳讞辨其寃舊令李中素卒於任因浥爛倉穀羈留家屬賠補事逾十載仕俊惻然代爲補苴旅櫬始得歸涖任四年勞心撫字清釐夙弊日不遑給竟以病卒於官

周元文字洛書正黃旗人康熙四十六年由延平府調知臺灣方正廉潔僉壬畏若神明置義學田以贍寒士歲荒詳免租課十之三一切措注悉本實心臺民至今猶思其德

洪一棟字石臣應山人康熙四十八年由監生同知臺灣府革除水口積弊以利商 八豁除逃亡丁賦值荒旱多

方設法運米以活饑者臺民感念不置

覺羅滿保號鳧山滿洲人康熙甲戌進士五十年巡撫福建飭紀陳綱綜煩治劇有幹濟才未幾總制閩浙五十二年奉　命巡海復游塞置烟墩相度機宜綢繆孔固六十年臺匪朱一貴作亂滿保密疏告變謂撫臣呂猶龍曰厦門為控制全臺咽喉當親往以安人心爲恢復計綏輯會城撥濟糧餉請以相屬五月庚午由省城疾趨泉州值澍雨連綿乘竹兜從數騎行泥淖中人莫知其為制府也至厦門嚴申軍令市肆晏然已而舟師雲集乃釃酒誓衆聲言分路進勦密授諸將錦囊戒以開洋後啓視則令其合攻鹿耳門蓋欲散賊黨以分其勢

也賊果分兵拒戰旬日恢復府治南北二路以次討平捷聞隨調遣能吏安輯流亡慰撫各莊社民番臺灣遂定後以疾卒於官

陳大輦江夏人字子京康熙丙戌進士初知粵西永定州遷福建鹽運分司釐剔鹺政奉委清丈閩田平允得民歲辛丑臺匪作亂大輦督造平底小艘飛渡臺港多所裨助尋擢分巡臺厦道至則安輯流亡撫綏部落生番歸化者接踵會餘孽跳梁未靖大輦悉捕獲正法臺民始獲袵席之安校士公慎拔取單寒重脩海東書院立課士規程悉心作養所得士登賢書選拔者若干人雍正二年以疾卒於官

黃叔璥字玉圃順天大興人己丑進士康熙六十一年初設巡察臺灣御史公首膺是命既至安集哀鴻措置時務多得當所著有赤嵌筆談番俗六考採摭最富後之脩郡志者率取資焉

王作梅河南河內人己丑進士雍正二年任海防同知時厦門有商艘往來澎島與臺灣小船偷運接盤米穀名曰短擺作梅廉知急捕之并得官弁交通狀竟舉發治其罪自是接盤之風遂息提標哨船二十餘艘絡繹來臺貿易號為自備哨凡出入海口不由查驗作梅詳請禁革其他客頭勾引偷渡久成錮弊作梅密擒首惡詹望黃老二人痛懲之積習為改其勇於有為如此至於律己愛民臺之士民至今猶傳頌不衰云

夏之芳字荔園號筠莊江南高郵州人登癸卯 恩科進士充 內廷教習以 御試第一入史館壽轉諫垣雍正六年巡視臺灣兼理學政至則以澄敘官方振興文教為己任主歲科兩試公慎明敏栽培士類悉本至誠按巡南北二路雖犬不驚民番咸悅生平廉介苞苴永杜而接物復樂易沖和絕少崖岸尤為僚屬所敬服著有海天玉尺二編至今學者宗之

林天木字荔山廣東潮州人性沖和慎默不苟言笑動履以宋名儒為範生平作字必楷正雖屬稿未嘗為行草書康熙庚子舉鄉薦第二雍正癸卯登進士以需次知

縣引　見擢部主事尋遷兵科掌印給事中雍正十一年巡察臺灣兼理學政主歲科兩試取士以品行爲先生童卷帙殊繁手自評閱迫發案士服其公素不能恚即僮僕有過不聞斥詈聲接僚屬端嚴中有和氣人多敬愛之秩滿尋丁祖母憂哀毁逾禮以疾卒於家

覺羅栢脩鑲紅旗人以御史奉　命巡臺雍正十年北路大甲西社番肆逆趨赴軍營籌畫餉運事平以一等軍功議敘還京晉內閣學士兼禮部侍郎

楊二酉字學山太原人癸丑進士入翰林旋以御史巡臺奏建海東書院以造士南門內秀峰塔亦其所規畫也

張湄字鷺洲錢塘人癸丑進士由詞垣改御史巡臺灣嚴

稽冒籍校士公明所著有珊枝集瀛壖百詠行於時

嚴瑞龍字凌雲蜀之閬中人康熙庚戌進士以吏科掌印給事中巡視臺灣清公勤慎整飭官方洞察民隱疏滅番丁社餉北路加志閱兇番爲虐　奏請搜捕躬往軍前籌畫勦撫復酌定善後事宜威惠兼至尋擢湖南按察使

俞兆岳海寧人歲貢生康熙五十三年調知臺灣縣甫下車立三誓於城隍廟三誓者毋貪財毋畏勢毋狥人情也實心實政終始不渝每巡行村落問閭疾苦如家人父子頽復而噢咻之有所訊鞫辭色雍和民無匿志縣官至大中丞

袁宏仁字醇一建陽人廩貢生雍正十二年郡庠新設訓導由福州府學調任至則捐貲脩朱文公祠築草亭進諸生朝夕講肄其中以臺處海外士子得書維艱復捐俸聚古今載籍計六百餘本藏於學舍俾諸生得肆力閱覽秩滿擢鉅野縣丞

方邦基字樂只號松亭浙之仁和人雍正庚戌進士初調鳳山縣請減重賦免浮糧民甚感之尋以艱去服闋至閩署理事廳務復補臺防同知革陋規嚴禁查口吏役需索凡商船載貨無早晚隨時驗放俾得順風水之便船戶行埠肖像祀之有習水積匪常入海竊斷商船椗索訪緝而痛懲之下獄禁錮民得安枕秩滿陞署知府

時內地泉漳米價騰貴制府諭令臺郡商船於常例外加帶米六十石而臺地亦荒旱與內地仝米石至銀三兩輿情洶洶邦基因斟酌詳請每船僉聽多帶數十石俾內地得以接濟臺郡不至搔動制府韙之尋攝道篆軍工船料槩照定價發賣不假吏胥手扣尅積弊一清時方題請實授送部引 見八月渡海遭颶舟溺於福清南日島事

聞 予䘏贈朝議大夫布政司參議

欽賜祭塟

楊芳聲奉天萬全左衞人由歲貢康熙二十二年知鳳山縣事時初置縣諸規制皆其所擘畫而清田賦革重徭

以宣朝廷德意民尤賴之秩滿內擢戸部江南司主事

黃賜英晉江人康熙癸卯舉人二十六年任鳳山縣教諭時縣初置文風未盛英任其職以培育人材為已責日進諸生勤訓課捐貲置嘉祥里學田二十甲赤山庄學田二十甲以供　文廟香燈及諸生月課諸費士蒙其德祀於學宮

宋永清原籍山東萊陽人由漢軍監生康熙四十三年知鳳山縣為政期年新學宮建衙署刱義塾百廢具舉聽斷平允尤雅意文教初硫磺水官田地瘠租重民率逋逃永清詳請薄其賦另募耕種充為　文廟香燈東關上則田數百甲歲苦旱永清發倉穀一千石貸民就蓮池潭築隄一千三百餘丈以資灌溉又龍目井糖廍移充義塾膏火延師教授至月課獎賞復捐已貲助之暇則進師生講論文藝鳳邑文教振興自清始素工詩庭署餘閒輒吟詠不輟著有溪翁詩草秩滿擢延慶府知府

錢洙浙江嘉善人由廩生雍正十一年知鳳山縣賦性恬淡苞苴悉絶凡有聽斷平心和氣務得其情治盜賊始慰諭薄懲冀其自新怙惡則嚴治之有積匪洪寶素雄悍里役畏之莫敢捕洙設法緝獲廉得淫兇狀立杖斃之民服其斷鐫碑以誌任三年待士以禮馭衆以寬盜聞風屏息夜門不閉累陞至本府知府以勤勞卒於官

陳志泰江南甘泉人康熙丁酉舉人乾隆十四年由泰寧調知鳳山縣事爲人廉靜耿介言笑不苟案牘隻字必出已手繩家人以法治奸吏蠹役如鷹鸇之逐烏雀積弊悉除訟獄兩造具即聽斷民無積滯拘攣之苦任三年民無一詞一事枉於情勢者以積勞成疾去士民思之

毛殿颺廣東博羅人康熙甲戌進士四十四年由詔安調補諸羅縣賦性狷介不苟言笑在任未數月卒漳志稱其在詔安時人不敢干以私革陋規戢豪暴設紙皂便民脩橋梁道路善政甚多

周鍾瑄字宣子貴州貴筑人康熙丙子舉人五十三年知

諸羅縣事性慈惠爲治識大體時縣治新闢土曠人稀遺利頗多鍾瑄至留心咨訪嘗捐俸助民脩築水利凡數百餘里陂圳皆其所經畫民以富庶又雅意文教延名宿纂脩縣志諸如臺北地方遼濶規制有未盡備者鍾瑄憂深思遠情見乎辭至今多見諸施行尋擢去民肖像祀於龍湖岩

陳玉友字瓊度號蘧園順天文安人雍正庚戌進士乾隆十三年調淡水同知清操絶俗不以絲毫累民善決獄剖斷如流一時豪右屏迹民戴之若父母調署臺防同知廉明並至懸惠而不費額於鹿耳門稽察商船吏役無敢染指商民感之立祠祀焉尋轉臺灣知府改建崇

文書院倡捐膏火以育生徒一時人文蔚起以事去職

民至今思之

續修臺灣府志卷之三終